U0154002

西洋繪畫導覽

裸之美

何恭上著　藝術圖書公司印行

西洋繪畫導覽 ㉖

裸之美

目錄

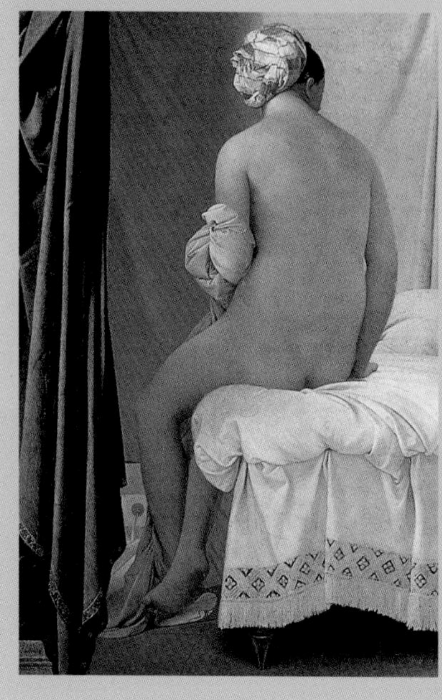

8 ● 雷諾亞　女性的讚美者
32 ● 戴伽斯　浴女
46 ● 高更　原始夏娃
60 ● 達維　古典的優雅
64 ● 安格爾　汲泉女
70 ● 高爾培　大地之女
78 ● 柯洛　村姑
84 ● 秀拉　繽紛世界
90 ● 塞尚　水浴圖
94 ● 馬蒂斯　裸女
102 ● 羅特列克　紅磨坊艷影
110 ● 洛可可　華麗精巧
114 ● 佛勒龔納　愛情世界
118 ● 華鐸　戀愛年代
122 ● 佈修　女性丰采
126 ● 希臘瓶畫　神話美女
130 ● 波提且利　幻想之美
134 ● 提香　女性美抒情者
138 ● 林布蘭特　莎士姬亞
142 ● 魯本斯　美的傳達者
146 ● 摩洛　莎樂美
150 ● 莫迪里安尼　飄泊鄉愁
156 ● 波那爾　浴女
166 ● 表現派　弱者女人
170 ● 畢卡索　古典美再現

176 ● 超現實　異端裸女
180 ● 達利　奇異女性
190 ● 德爾沃　現實外女人
198 ● 馬格利特　裸女身上看陰晴
202 ● 邁約爾　愛的禮讚
206 ● 勒澤　持花束女子
210 ● 布拉克　水果與女人

214 ● 羅蘭珊　女人與花
218 ● 魯奧　娼婦
222 ● 畢費　晨妝
226 ● 德國文藝復興　衆美女
230 ● 克拉那赫　維納斯
234 ● 丁特列托　女神史畫
240 ● 現代畫家　女性美素描
250 ● 美美相承傳　編後語

雷諾亞　女性的讚美者

雷諾亞 (Pierre-Auguste Renoir 1841-1919) 是近代法國畫壇的巨擘，被一般人稱爲印象畫派的代表者，他的畫取光纖細，柔軟溫和。善畫具有女性魅力的健美女郎，他的畫充滿怡悅的氣氛，給人甜美、舒適的感覺。

雷諾亞的作品裡，從頭到尾都沒有一幅含有憂鬱或饑餓的痕跡。他的畫面上出現的是既溫柔又健康、既鮮艷又壯麗的女性。他從未讓憂傷滲進畫面，甚至讓那輕快而充滿生命的激動活力深入藝術裡。

小縫衣女激起理想女子靈感

雷諾亞喜歡畫女人，喜歡畫裸體美人，尤其是膚色健美，胸脯豐滿，臀部高聳的美人。魯本斯也是畫女人出名的，雙方雖都是畫出豐腴、明朗、健康、溫馨的女性裸體，可是他倆或許時代不同，環境互異，即使同樣的對象，但雙方在畫面上所流露出的節奏和諧調卻不同。

魯本斯的畫所含有的是調準音調的鋼琴那種高而清爽的音響，而雷諾亞的畫上洋溢出來的光與彩的豐富，有點像提琴的音響。

雷諾亞並不只是追求女性肉體的光輝，柔軟、溫馨，更因畫出「女性肉體的本身」感到歡喜，因爲他從「女人」肉體上獲致了人生至高無上的優美狀況。

那是1888年，他和那位認識三年，可愛的小縫衣女結婚後的事，他帶著她到神壇前結婚，並且到山川靈秀的義大利度蜜月。也許就是她那年輕的豐盈體態，才激起了他對理想的女子形象的靈感。

在婚後的歲月裡，作品即展現出一個與她相似的典型，一種厚實、健壯的典型。在那 20 年裡好像興高采烈引吭高歌一樣，陸續畫出不少他理想式象徵的女性，那女性裸體健康而有彈性的生命律動，誠如他和她倆人的濃烈情愛，像呼吸般的息息相通。

從畫維納斯開始

雷諾亞一生以畫「女性」馳名於藝壇，他之所以會選擇這個題材，說來和他18歲時在一家瓷器窯裡作畫工有關，那是以「件工」領薪水的時候，他開始描摹人家送給他「奧林匹斯諸神名畫集」中的裸女像。

在一個瓷盆上他老是以維納斯女神像作主題，線條畫得似雲霧般，就這樣畫了 5 年，在這 5 年裡他體驗到人生的眞諦：藝術與愛情。

當他有一天畫著一幅自題爲「純潔之泉」時，一個問題從腦海裡昇起：「所有的女雕像都一樣的，是美麗的少女，她們有著美麗的身材，可能是

谷後　雷諾亞作
1904～06年　油彩・畫布　92×73cm
維也納・美術史博物館藏

陽光中裸女　雷諾亞作
1875～76年　油彩・畫布　80×64.8cm
巴黎・奧塞美術館藏

那些雕刻家的妻子或女友！」也從此醞釀他要找尋如希臘女神般健碩豐美的女性來了。

在尚未接觸到女性，只在腦海裡幻影著女性胴體美，和實際上已經接觸到女性，跟女性生活在一起後，產生的作品完全不一樣，從義大利旅行以後，知道了裸體女人的形式美和結構美，不免使他暫時失去他所獨有的那種柔軟，變成強硬嚴謹。不過再過不久，他已超越過去，形成了他後來繪畫上所見的那種很出色的量感了。

婚後筆下女人更健康

雷諾亞婚後畫的女人，以「健康」與「豐盛」爲象徵。當然這個成績應該歸功於那位小裁縫女給他的靈感。

在雷諾亞的一篇隨記裡，他記載著說：「……她只有16歲，紅髮，曲線飽滿，皮膚光澤比以往我的任何模特兒都美好，她時常唱歌，稍微有一點走調，唱那些日子裡流行的歌曲，她赤裸裸的述說著與她女友間的一些故事。她是快樂的，她以青春的愉悅使我獲致靈感。」

他有一幅畫她的像，把她置於滿地野生的玫瑰，與發著銀色的橄欖樹葉間，他在這幅畫背後寫著：「傾吐無限的愛與歡樂」。

在花棚樹下畫「陽光中裸女」

雷諾亞能獲得她是快樂的，尤其當他患嚴重的風濕症時，她用輪椅把他推到花園裡，把雷諾亞的畫室搬到室外，在花棚裡滿植橄欖樹與茂盛的草皮，雷諾亞身處其間，老是坐在燦爛盛開的花木間供他作畫，在那時完成的代表傑作「陽光中裸女」，現藏於奧塞美術館，他自己也認爲這是他一生中的終極之作，他覺得那張畫，是他一生摸索的結果。

在那段充滿情感與溫馨日子裡，雷諾亞成功地實現了他一生中所充滿理想的夢，「以嚴肅的態度作豐盛的創作。」從他的調色板中，以極端的率真純樸，從顏色滴落於畫面的瞬間，可以變成迷人的金色和紫色光輝，甚至更燦爛更光輝。

光耀肉體顯示青春血液

光耀的肉體顯示出青春和健康的血液，以及無窮變幻的各種光線，高於這一切表面的要素，那是一個質樸的靈魂更接近了他最高的理想。

研究雷諾亞繪畫的人，總愛把他的作品，作一系列的比較，這一點更能讓人了解其主題繪畫轉變。他的第一幅裸女傑作，是在1867年落選沙龍上展出的那幅「獵罷黛安娜」，那是他完全在美的洗鍊中，對肉體的每個部

戀罷黛安娜　雷諾亞作
867年　油彩・畫布　196×130cm
華盛頓・國家畫廊藏

阿爾吉利亞風的巴黎女人們
雷諾亞作
872年　油彩・畫布　156×128.8cm
日本・國立西洋美術館藏

持薔薇的嘉布莉耶
雷諾亞作
1911年　油彩・畫布
55×47cm
巴黎・奧塞美術館藏

裸女安娜　雷諾亞作
1876年　油彩・畫布
92×73cm
莫斯科・普希金美術館藏

分都表現出像火那樣的熱辣辣。

他1870年畫「和狗游泳的女子」，多少仍承襲18世紀法國洛可可畫家手法。到了1872年的「阿爾吉利亞風的巴黎女人們」，便有德拉克窪傾向。

這種熱情內蘊，血色豐腴，到後來變得更加豐潤，形成他所獨有的明朗富麗，隱約含有詩意。此幅畫已經可以看得出他是跨過了德拉克窪，同魯本斯結合起來，唱出生命的讚歌。

繼這個時期之後便是他的印象派時代，在印象派時代他所畫的裸體女人雖然不甚多，但對女人肉體的眼光和喜悅，卻自然而然一路變得成熟起來了。像普希金美術館所藏1876年的「裸女安娜」便是一個最好的例證。

創造理想式母親象徵

1882年和小裁縫女結婚後，由於她年輕風雅，激起了他對理想女子的形象靈感。他創造出與她相似的作品，純樸而健美，豐滿的胸脯，顫動的乳房，高高隆起的臀部，這是他創造的一個理想式的母親象徵。事實上代表這時期畫風的早期代表作「浴罷」，在嚴謹之中仍然沒有失去對女人肉體的共鳴。

雷諾亞的裸體女人表現是經過變遷

花的讚歌　雷諾亞作
1903～09年　油彩・畫布
46×36cm
巴黎・奧塞美術館藏

整理頭髮的浴女　雷諾亞作
1885年　油彩・畫布　91.9×73cm
麻省・史特林與法蘭辛・
克拉克藝術學院藏

的，婚前他只是把虛構出來的裸體女人，變爲經過美化的裸體女人。可是踏入1888年後，對女人肉體的讚歌，亦即畫出來時，感到非常高興，便同百花競放一樣燦爛了。

他畫的女人肉體美既鮮艷又樸素，既溫柔又健康，生命老老實實在肉體上作出呼吸，肉體則融化入光色中，然後又在豐富的色彩裡面，純粹變成了一幅畫，這是他裸體女人畫豐潤富麗色彩的魅力。

雷諾亞晚年的作品更顯現雄健與纖巧，充滿了青春活力，世界像是永遠都在微笑。

圓潤與細緻是技巧獨特處

雷諾亞的畫善於運用圓潤、細緻的筆觸，形成了他技巧上的獨特處。他不是一個完美的肖像畫家，可是他的肖像畫有很多獨特之處，造形純樸、碩大而富野趣。

尤其在色彩運用上，即使是普通鄉村姑娘，若讓他那金黃色調給薄施上去，那女子立刻便現出眞珠般的肉體來，即刻輝耀著艷麗的豐滿美。

他愛用交錯線條，氣韻濃厚，那女子的溫良，端詳神情的造詣，都是使人嘆服不已的。

稚樸之園中夢之仙女

擦腳浴女　雷諾亞作
1905年　油彩・畫布　83.8×64cm
巴西・聖保羅美術館藏

坐在溪邊浴女　雷諾亞作
1883～84年　油彩・畫布　93.5×119.7cm
倫敦大學附屬畫廊藏

壁龕內裸婦　雷諾亞作
1890年　油彩・畫板　131×41cm

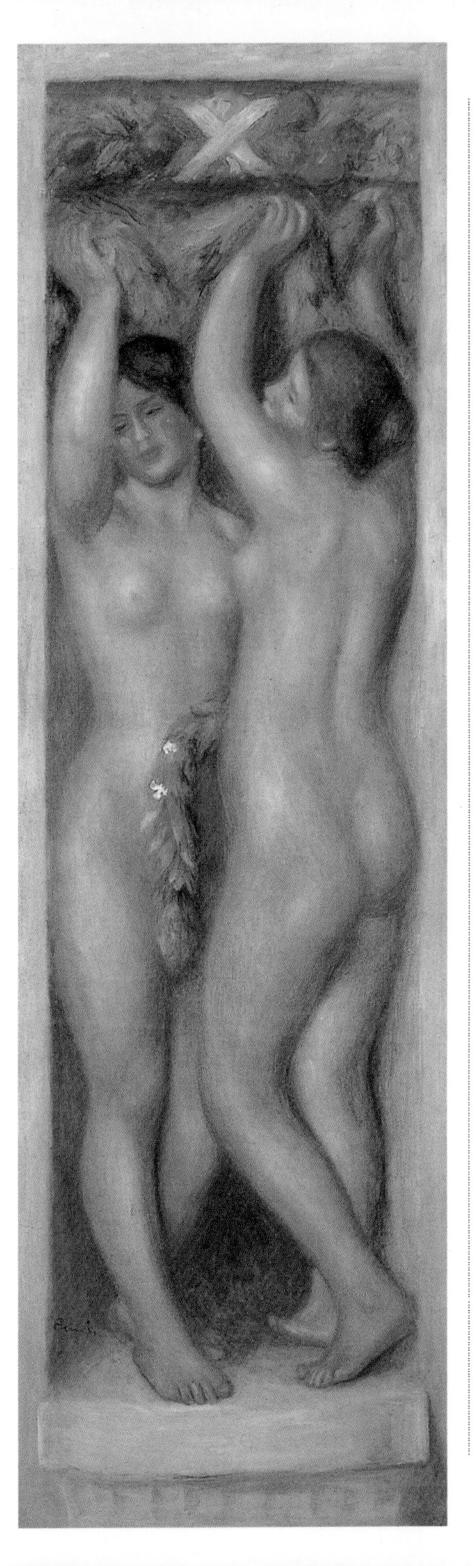

人們讚美雷諾亞的女人畫像，像欣賞來自稚樸園中的夢之仙女，也像是深谷裡百合般無邪氣的野生姑娘那樣健壯而美麗。他愛用溫暖而鮮明的紫色調，表現出水一般的肉感蠱惑，很能機敏的捉住少女瞬間的面部表情。

當1919年他在法國南部去世時，藝評家福爾寫道：「正如太陽在天空消失」。的確，在二十世紀初沒有第二位畫家能像他那樣禮讚女性肉體得如此成功，他好像用魔法般的把女性肉體如詩樣情調捕捉住。他的畫永遠使

浴後整髮　雷諾亞作
1892年　油彩・畫布　92×74cm
華盛頓・國家畫廊藏

褐髮浴女　雷諾亞作
1909年　油彩・畫布　92×73cm

P22・23
大水浴圖　雷諾亞作
1887年　油彩・畫布　115.6×167.8cm
美國・費城美術館藏

手持雛菊少女　雷諾亞作
1889年　油彩・畫布　65.1×54cm
紐約・大都會美術館藏

沈睡的裸婦　雷諾亞作
1897年　油彩・畫布　81×65.5cm
溫特圖爾・奧斯卡・萊因哈特美術館藏

人愉悅和恬適，好像一首首充分流露生命美好的歌曲。

果體少女　雷諾亞作
892年　油彩・畫布　55×46cm

谷後擦身　雷諾亞作
888年　油彩・畫布　25.5×21.25cm
東京・私人收藏

浴女　雷諾亞作
1885年　油彩・畫板　60×54cm

泉　雷諾亞作
1910年　油彩・畫布　91.5×73.8cm
日本・岐阜縣美術館藏

浴女　雷諾亞作
素描

派里斯的審判　雷諾亞作
1915年　油彩・畫布　73×92.5cm
日本・廣島美術館藏

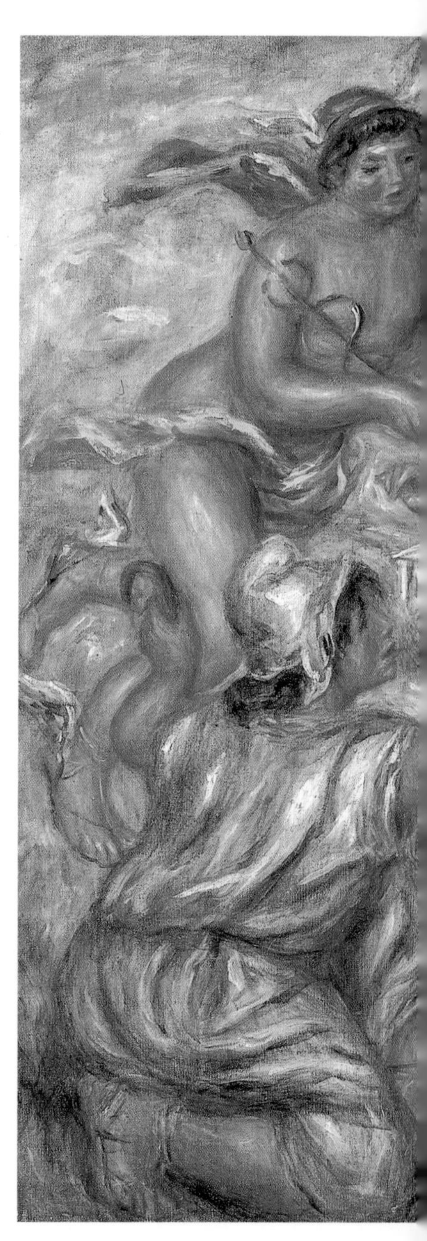

戴伽斯　浴女

戴伽斯 (Hilaire-Germain Edgar Degas 1834-1917) 在1834年出生於巴黎一個富裕的家庭，他的父親任職於官方的銀行，也是位貴族世家，母親是義大利人，戴伽斯是長子，照理應接父業，但他酷愛美術，一心只想當畫家。

1855年時他還在學習法律，不久之後他用盡所有方法說服了父親，讓他開始學畫。起初他跟安格爾的學生學習素描。也可以說他眞正的老師是義大利文藝復興時代的大師們，他經常到羅浮宮去臨摹達文西及拉飛爾的素描，他也到過義大利，除在義大利臨摹名家作品外，也在姑母家開始作人像寫生。

早期以安格爾手法畫人體

有一次一位朋友看見他的人像畫得不錯，建議他到一處有模特兒寫生的畫室去練習，他開始用人體寫生，也邁入以繪畫爲終身職業的坦途。

早期他的人體畫，是用安格爾的傳統手法畫的，非常注意輪廓線條的準確度，面的處理塗得很光滑，沒有筆觸。他喜歡在深沉的色調上注入鮮明的幾筆，或者在光滑的畫面上，加上幾筆流利的線條。模特兒的姿態則是古典畫上常見的直立不動。

戴伽斯從義大利回到巴黎，他的父親看見這位沒有繼承衣缽而喜愛繪畫的兒子，的確在藝術上有可造之處，也順兒子的心願，並托人把戴伽斯介紹進入「浴女」的主人安格爾畫室。他父親之所以設法找人把兒子送入安格爾畫室，那是他看見自己兒子作品有安格爾畫風，甚至還覺得比安格爾活潑，當時巴黎的藝壇是古典大師安格爾的天下。

想成有基礎藝術家多畫線條

在安格爾畫室裡，老師常勸告他：「年輕人，畫線條，多畫線條，不論是根據記憶或寫生，只有這樣，你才能成爲一個有很好基礎的藝術家。」

1859年前後，他照老師的指示幾乎畫盡了平常接觸到的人。甚至大膽採取了安格爾不會贊成的姿態。他的姑丈看見他畫表妹那張畫，稱讚著說：「你看！中央坐著的表妹，一條腿彎起來，完全隱藏在裙子下面。」他愛好自由自然的姿態，欣賞戴伽斯70年代以後的作品，此一姿態出現很多。

畫家能在「人體」上，開始發揮自己的意念或技巧，表達自己的理想，注入人物的個性、思想和感情時，也是從戴伽斯開始，他把人體寫生從傳統舊形式提昇出來，開始流露自己個性，還刻畫出被描寫對象的個性。

谷女　戴伽斯作
884～86年　粉彩・畫紙　53×52cm
刂寧格勒・艾米塔吉美術館藏

休息室中的舞者 戴伽斯作
1896年 粉彩 51×40cm
私人收藏

芭蕾舞女外「浴女圖」

戴伽斯除了喜歡畫芭蕾舞女之外，還喜歡畫「入浴」或「出浴」的裸體女人。他不畫如希臘神話中的黛安娜女神在森林泉水中的入浴場面，而是畫普通女人在浴室裡剛入浴或浴罷出浴的各種姿態。

據戴伽斯的好友伏拉爾說，戴伽斯對於女性的描繪，全是出自於一種自卑感與敬重的相互矛盾。他在芭蕾舞女中道出對女藝人的喜愛，然而在裸女題材上，完全展現一種恐懼和羞澀的心理，使他見了她們就感到拘束，所以會產生一種反感。

正因爲如此，好像也隱藏著報復，他專門喜歡畫女性在入浴、拭身、洗腳，甚至小便的情形，藉作報復。他喜用粉蠟筆畫裸體女人，色調豐富微妙，形態表現得很精確，肉體的質感很眞。

有時畫面整個色調非常柔和，有時卻很強烈。人體、浴巾、浴盆、帷幔的各種曲線，同桌面、椅腳等直線，在畫面中形成多變化的線條旋律。

門鎖孔裡窺見的浴女

戴伽斯的裸體畫並不如過去裸女的沐浴，賦予田園詩風情，他是從現實環境中尋取。正如當他對朋友介紹自己這種題材的畫，是從「門鎖孔裡窺

擦身坐婦　戴伽斯作
1895年　粉彩　52.8×53cm
私人收藏

準備就寢　戴伽斯作
1883年　粉彩　36.4×43cm
美國・芝加哥藝術學院畫廊藏

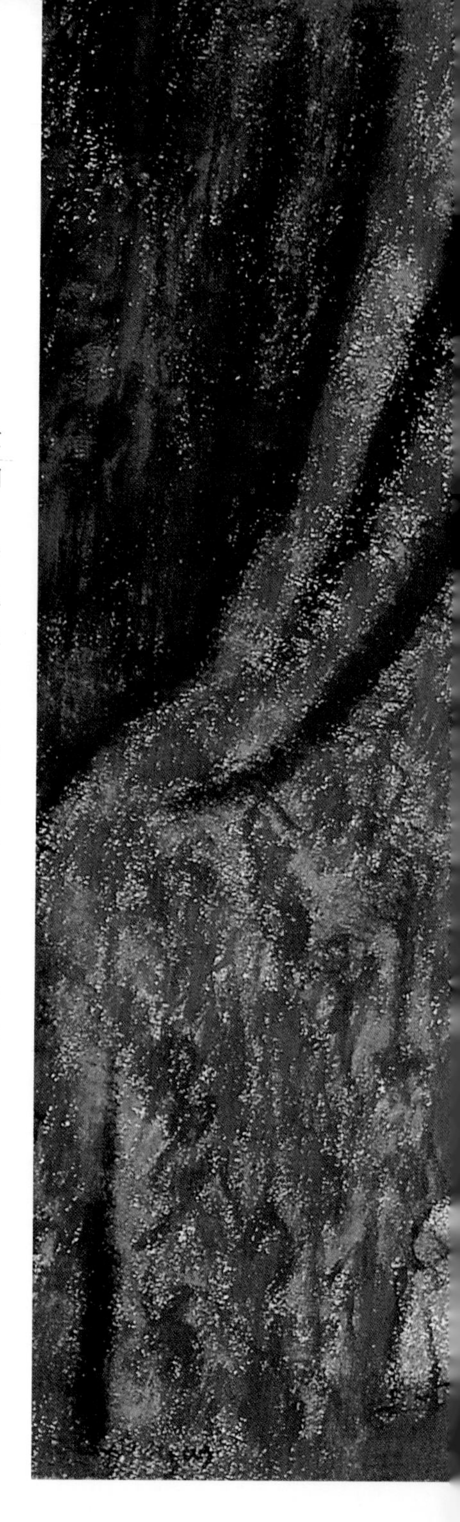

見的情景」。他的構圖有如日本浮世繪的構思，然而他那不尋常的透視和構圖，卻在同時代裡受人尊重。

戴伽斯在女性題材的畫上，特別愛好粉蠟筆的色彩效果。70年代以後他愈來愈愛畫粉彩畫。這種畫最經不起修改，他好像熟練這種材料，手法也漸達自由。在粉彩畫上比在油畫中更鮮明活潑。他愈來愈傾向用色彩來塑造形體，運用短小的筆觸。這使他的作品和印象派頗爲接近，這也是有人把他列入印象派畫家中的理由之一。

以主觀的角度表現裝飾美

戴伽斯的色彩，不是客觀物體色彩的科學般正確的記錄，而是具有很大的主觀成分，而且富於裝飾效果。

他一生熱衷於畫舞女、沐浴裸女，可是卻一輩子不結婚，有人曾問他：「你爲什麼不結婚呢？」他回答說：「結婚嗎？我不會作這種傻事。」

有一次，戴伽斯遇到了一個令他十分滿意的模特兒，曾對她大加稱讚，大捧特捧。還說她的肢體生得多好，他特地用她畫了一幅愛神像，還畫了古典形式般的愛神，用手掩住自己的私處。這個模特兒受寵若驚，後來常

裸女習作　戴伽斯作
1896年　油彩　77×83cm
私人收藏

對其他的畫家述說，戴伽斯是如何的賞識她的肉體與美姿。

他對描繪閨房中與浴室裡的裸女尤其擅長，畫面中似洋溢著女人輕柔淡雅的體香以及沐浴後濕淋淋的感覺。

草地上二浴女　戴伽斯作
1896年　粉彩　70×70cm
巴黎・奧塞美術館藏

出浴　戴伽斯作
1886~88年
粉彩・單刷版畫・黑墨
27.5×37.5cm
私人收藏

斜躺在地板上的浴女　戴伽斯作
1886～88年　粉彩　48×87cm
巴黎・奧塞美術館藏

浴後　戴伽斯作
1895年　粉彩　70.5×58cm
私人收藏

「浴後」舒暢解放的裸體美感

在捕捉沐浴後的浴女通體舒暢、徹底解放的輕鬆休憩情境上，那種毫不設防「斜躺在地板上的浴女」及「浴後」的模樣，戴伽斯以錯綜、短促的粉彩線條來表現，發亮粉嫩的肌膚在暗沈背景中自在地伸展開來。

在筆觸上，「浴後」顯得較隨興寫意，裸女溶入錯綜交織的色線氛圍中成爲一體。他的裸女在肢體動作上頗多轉折重疊，像「裸女習作」和「草地上二浴女」造形更自由隨興。

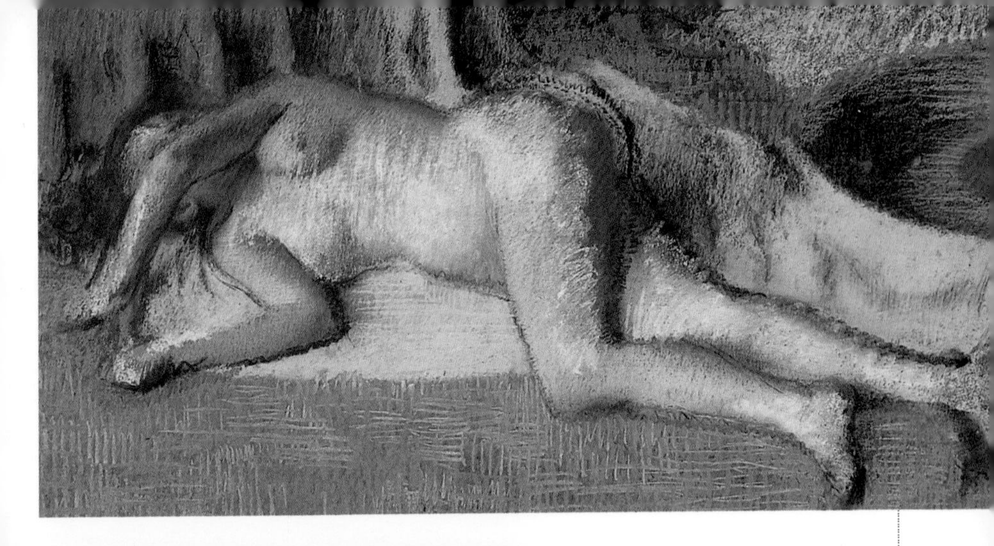

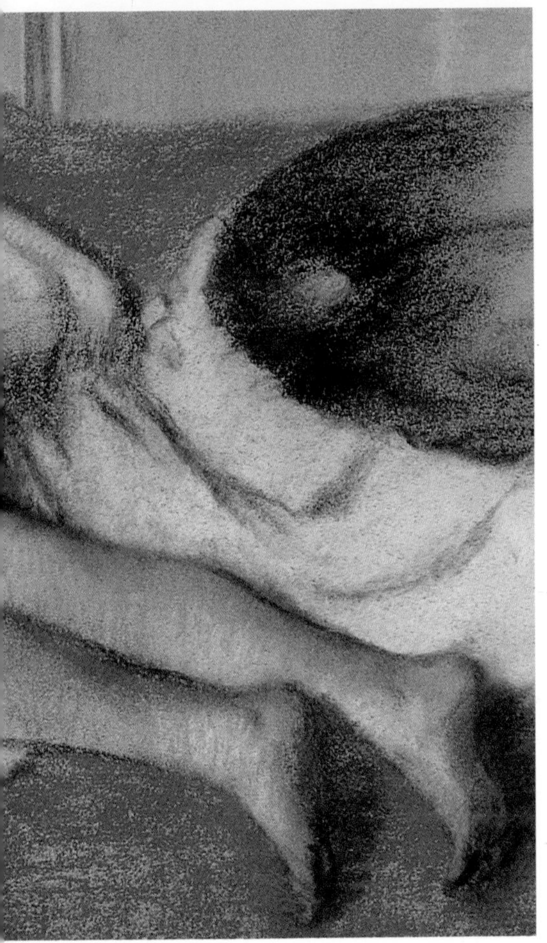

偷窺取景角度獨特生動

戴伽斯的浴女無論是表現入浴、沐浴、出浴或浴後，他的取景角度均極獨特而生動，他的浴女常正在進行某種動作。

像「出浴」、「晨浴」、「浴後」等作正要跨進或跨出浴缸；或是像「浴女」、「擦身坐婦」、「浴後」、「擦身」及「梳髮女子」般，正在擦身或梳髮。

對正在發生動作的剎那間場景捕捉，即是這名「偷窺者」以相機般的銳利畫筆捕捉的瞬間畫面，生動逼真。這位冷眼旁觀、美感獨特的卓越藝術家，以柔色調的粉彩氛圍來掌控畫面。那種熱騰騰、暖烘烘的輕柔舒適直逼觀者心頭，引來人們溫暖熱絡的會心一笑。

晨浴　戴伽斯作
1895年　粉彩　66.8×45cm
美國・芝加哥藝術學院畫廊藏

浴後　戴伽斯作
1883～84年　粉彩　52×32cm
私人收藏

浴後　戴伽斯作
1895年　粉彩・畫紙
70×70cm
巴黎・羅浮宮美術館藏

擦身　戴伽斯作
1887～89年　粉彩・炭筆・畫紙
30.5×44.5cm
紐約・大都會美術館藏

梳髮女子　戴伽斯作
1886～88年　粉彩　74×60.6cm
紐約・大都會美術館藏

高更　原始夏娃

畫「原始夏娃」的高更 (Paul Gauguin 1848-1903) 是捨棄了巴黎的物質文明，而奔向蠻荒的後期印象派畫家。

他選擇流浪的畫家生涯，即使已告訴太太：「藝術的魔神捉住了我，已是無法逃避了。」但是，他的夫人怎麼也想不通，無聊的繪畫，竟值得讓他犧牲優裕生活和幸福家庭。

追求真正的遠離巴黎

這是爲什麼呢？看過高更傳記「永遠的芳香」的人，當了解他只求成全爲一個最眞的人。如果想達到這點，巴黎的度假生活永遠無法獲致。

可不是嗎？大溪地島的春光，來得比巴黎早。島上有褐色肌膚的人，濃烈到令人嗆鼻的花香，還有大朵的朱紅、深紅色、鮮黃色的花兒。醉人的光輝，像彩虹般遍身粉鱗的大蝴蝶，一望無垠的碧海，熟透的果實。

在這個與文明斷絕，又超越了時間流轉的原始世界裡，高更只能委身在南國好夢，讓情感去昇華。

在那時，一位夏娃走到他身邊，她耳邊插花，半透明玫瑰色的內衫，金黃色的肌肉。啊！那不正是他在南國理想之鄉的藝術女神嗎？她就是——黛荷拉，高更心中的女神，也是他的原始夏娃。

要了解高更的原始夏娃，首先需先了解原始夏娃「樂園」——南太平洋的大溪地島。

大溪地發現像夢般眼睛

南太平洋的大溪地島，眞是一塊醉人的樂園。那裡有褐色肌膚的土人，她們像夢一般的眼睛，便是那不可探求的、謎般的朦朧表面。他畫他有所感的世界，以明確的線條表現一切的事物。他的土女畫像蠱惑著我們的心情，使人在內心中釀成一種很深的怪異幻想。

在很烈的紅和強烈的綠中，點綴著黃與藍，土女的怪異服裝，完全是不可思議的神祕。黛荷拉是英國人與大溪地人的混血兒，他曾說過：「在小河流，在海邊，我不時發現強烈色彩的造形，這眞是使我興高采烈，這種對於陽光的喜悅，我爲什麼不敢完全把它描繪入畫幅呢？」

高更說：「這個大自然與其說是供人描畫，倒不如說是供人做夢。我閉上眼睛，全不理解的瞧著在我面前走過的空中的夢。」

原始的大海褐色肌膚夏娃

在巴黎的奧塞美術館所藏名畫中，有一幅是高更所畫的大溪地島「海灘上」。那兒有輝煌的太陽，原始的大海。還有褐色肌膚的夏娃，她們的肌

兩個大溪地女人　高更作
1899年　油彩・畫布　94×73cm
紐約・大都會美術館藏

膚散發著醉人的金黃色。大溪地的眞面目，高更在這一幅畫裡表達得最傳神了。在其他的高更作品裡，也讓人體會到這素有「太平洋女王」之稱的美麗南方島嶼的神祕。

高更的故事是一篇傳奇——其中一半羅曼蒂克，一半悲劇。他的這一生奇異的傳記，地點都在大溪地島。但貫串全篇的，卻是一個有力的主題：一個天才之獻身於藝術。

在南國「樂園」探未知世界

南國的女神終於招邀這位流浪畫家到南國的「樂園」去。1891年6月，高更踏上這座人人都在滿足中舞蹈和歌唱的世外桃源。高更自己說：「我並非爲了想知道未知的東西，只是爲了想把未知的東西變活，才走到這座島嶼來的。」

在這個與文明斷絕關係，又超越了時間流轉的世界裡，高更心裡的孤獨與哀愁都得到了寄託，同時他畫布上的南國好夢也變得更美，更昇華了。

就在此時，有一位名叫黛荷拉的夏娃走到他的畫架旁。「她的耳邊插著一朵花，那隻耳朵在嗅著花香。」於是高更便用這個穿著半透明的玫瑰色內衫，有著一身黃金色肌膚的姑娘作他的模特兒。

高更雖然能在南國的理想樂園裡獲

海灘上　高更作
1891年　油彩・畫布　68.5×91cm
巴黎・奧塞美術館藏

樂園　高更作
1892年　油彩・畫布　91×72cm
日本・倉敷小原美術館藏

高尚女人 高更作
1896年 油彩・畫布 98×132cm
莫斯科・普希金美術館藏

海邊 高更作
1892年 油彩・畫布 68×92cm
華盛頓・國家畫廊藏

哈！妳吃醋啦？ 高更作
1892年 油彩・畫布 68×92cm
莫斯科・普希金美術館藏

得黛荷拉姑娘的眷戀，但他內心時時刻刻惦念著在巴黎的妻兒。午夜夢迴寫了很多書信回去，可是他的夫人怎能了解他？在她的眼中，丈夫那拙劣的繪畫，竟值得他犧牲優裕生活和幸福家庭嗎？他寫信給他的兒子，他們又怎麼會了解父親心裡那股熊熊燃燒的藝術「聖火」呢？

高更喜愛大溪地島的碧波與迷人海灘，更愛動人的大溪地美少女。她們有黝黑健康的肌膚，或是像「高尚女人」躺在綠坡乘涼，或是在「海邊」曬太陽，甚至弄潮玩水，充滿樸實原始、安逸寧靜之美。

Fatata te Miti

「我們從那裡來，到那裡去」

命運對待這位漂泊的藝術家夠殘酷的了。當他在煎熬、掙扎的時候，一位來自巴黎的船員告訴他，他的大女兒病逝了，他跌進絕望與悲哀的深淵中，在慟痛之餘，提起畫筆畫出了「我們從那裡來？我們是什麼？到那裡去？」他留下了這一幅一生最偉大傑作之後，便吞砒霜自殺。

不過，高更在那些熱愛他的人士的看護下，終於被救活過來，他莫名其妙的更討厭那文明的巴黎，發誓要在熱帶的太陽下過完自己的一生。

他努力學習原始人的生活方式，努

我們從那裡來？我們是什麼？到那裡去？
高更作
1897年　油彩・畫布　139×375cm
美國・波士頓美術館藏

力放棄過去所有的一切物質文明，他熱烈的喜愛那充滿新奇事物和未受文明污染的土地。

紅色的泥土上，芒果波蘿繁茂的生長著，他豪放地抹上黃色的枝葉，紅色的河流和紫色的平原，他用簡單的技巧，使濃厚的顏色和有力而又和諧的線條獲得高度的純粹性。

高更用如此大的畫幅來表現如此富哲學性問題。男女老少、動植物與自然山川悠閒自在的生活在這塊南國樂園中，和平快樂的共處，「回歸原始自然」便是他的答案。

惡魔的語言　高更作
1892年　油彩・畫布　68.5×91.7cm
華盛頓・國家畫廊藏

永不再如此　高更作
1897年　油彩・畫布　60.5×116cm
倫敦・格多魯特藝術學院畫廊藏

「永遠的芳香」動人傳記

高更說：「就在我茅屋四周的深沈靜寂裡，自然的氣味薰陶著我，灌給我以高度諧和的夢。從那遠古的敬畏中產生出狂喜。往昔的歡樂氣息瀰漫著我今天呼吸著的空氣。那些如雕刻般的野獸形象，在他們有旋律的姿態中，帶著古老莊嚴的宗教味兒。他們那夢般的眼睛，便是那不可探求的謎的一個朦朧表面。」眞的，高更很多大溪地島人的畫中，正是這種謎樣的特質最動人心魄。

高更所著「Noa Noa」是大溪地土語「香呀香呀」，也譯作「永遠的芳香」，正是傾述他對芳香土地上的夏娃的留戀之情。他的繪畫在移居大溪地島後大大的改變了，眼前展現的是前所未有豐麗而神秘的美麗世界。色彩更輝麗，畫面更豐碩。

南國土女，永遠的夢

高更的畫就像魔術一樣具有詩一般的神奇性，那些巨幅的形象，目光凝聚，硬直的注視的神情，卻是永留千古的。他的目的似乎只是爲了「點綴一個神秘的新宇宙」。從日常生活情景、神話和傳說，到宗教、政治和社會哲理方面。

幽靈守著她　高更作
1892年　油彩・畫布　73×92cm
水牛城・諾克斯美術館藏

月亮與地球　高更作
1893年　油彩・畫布　112×61cm
紐約・現代美術館藏

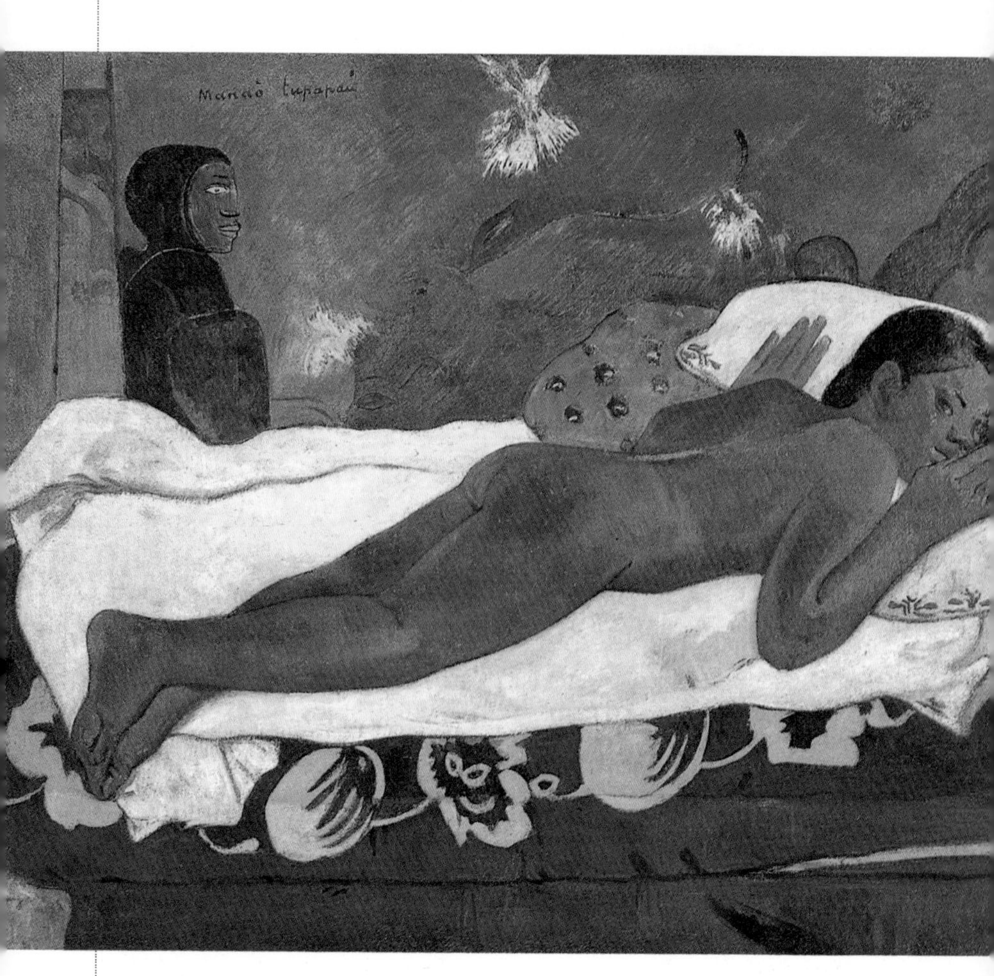

當人們看到「樂園」這幅協調而優美、莊重柔和的作品時，他已陷於神經衰竭的最後一期了！他又說：「我看著黛荷拉耳邊的花兒，也看著襯托在她胴體四周的花兒，花兒像我們一樣的靜止，我傾聽那停留在天空中的大鳥，然後我悟到最大的眞理。」

他的南國土女，幾乎件件是「原始的故事」，具有一種奇異的魅力，就正如開向原始之夢的世界之窗一樣。

原始的故事　高更作
1902年　油彩・畫布　131.5×90.5cm
西德・埃森・福克翁博物館藏

瑪麗亞！我們向您致敬　高更作
1891～92年　油彩・畫布　87.7×113.7cm
紐約・大都會美術館藏

達維　古典的優雅

18世紀的末期，也是華麗柔美的洛可可尾聲，取代纖細典雅的卻是壯大與肥美著稱的達維與安格爾的「古典畫派」。他倆師徒間，一個以拿破崙宮廷畫家姿態，畫盡了拿破崙一家的「肖像」。安格爾則在巴黎的街頭巷尾間，畫那肥美無比，渾身是脂肪的「浴女」。

他倆的女性畫像，都有個共同的特點，那就是如石膏模型般的豐滿，筋肉充滿彈力，細緻豐潤，光滑柔軟，蠢蠢欲動。因此，展現在他們作品上的是一堆壯大與肥美女性。

達維的女性肖像畫

達維 (Jacques-Louis David 1748-1825) 是古典主義代表人物。古典主義所強調的是對古希臘羅馬藝術的新熱情，他們主張去除繁瑣纖巧的洛可可，取而代之的是強而有力，有如雕塑般，有如女神像的線條，因此我們看達維的作品，厚重有如雕刻，構圖突出，重視面與面的整理，很少細瑣的點或色彩。

在達維的作品裡，不歌頌如洛可可筆下的美女，那樣無憂無慮。相反的是一片鋒火氣，她們高歌揮舞，以巾幗英雄姿態參加戰鬥，像大家熟悉的「薩平婦人」。

他也畫了很多女性肖像畫，她們不是倚在英雄身旁，就是斜躺著在照顧戰場上疲累的士兵，要不然就是拿破崙家裡的人像畫。

達維厭惡賣弄色彩，重視形式。形體描寫的準確性很高。愛把複雜題材像敘述故事般處理在一張畫面上。欣賞達維的畫，壯大處有如雕刻，而人物造形則完全像羅馬神話諸神雕像般的健康明朗。

薩平婦人（局部）　達維作
1799年　油彩・畫布　385×522cm
巴黎・羅浮宮美術館藏

雷卡米埃夫人像　達維作
1800年　油彩・畫布　175×244cm
巴黎・羅浮宮美術館藏

「雷卡米埃夫人像」古典優雅

達維筆下的「雷卡米埃夫人像」，美麗、優雅而高貴。他以古典希臘羅馬般的嚴謹線條與形式規範，寫實精確地畫出了雷卡米埃夫人的美貌與神韻。她經營的沙龍頗富盛名，是位才貌雙全、充滿智慧、高雅的女士。

在淡雅簡單的背景中，烘托出坐在躺椅上的雷卡米埃夫人，她的長袍曳地，身體則優雅地自然伸展，體態迷人。服飾簡單精緻，一如躺椅的古樸典雅，這些都襯托出她細緻的肌膚、姣好的面龐與高貴內斂的氣質。

這種內蘊而含蓄的古典美，正是達維所要表達的。他畫出這位絕代美女動人心弦、優雅的美，比例均勻、構圖嚴謹、完美貼切。不需華服或誇張體態，也能風情萬種。

派里斯和海倫（局部）　達維作

派里斯和海倫　達維作
1788年　油彩・畫布　146×181cm
巴黎・羅浮宮美術館藏

「派里斯和海倫」深情相望

達維處理神話與歷史故事題材細膩、精確、動人。像「派里斯和海倫」這一對美麗感人的神話故事人物，達維將他們置於寬敞舒適的寢宮中。

海倫這位希臘神話中傾國傾城的絕代美女，身穿透明薄紗，豐美體態若隱若現地斜倚在派里斯身上，顯得害羞而不安。深情款款地注視著海倫的派里斯，有近乎全裸的健美身姿，回望支撐著海倫。優雅柔美與浪漫的愛戀氣息表達得清麗典雅。

汲泉女　安格爾作
1856年　油彩・畫布　86×160cm
巴黎・奧塞美術館藏

安格爾　汲泉女

安格爾 (Jean Auguste Dominique Ingres 1780-1867) 是19世紀古典主義的大師，他的人像畫相當著名。最有名的「汲泉女」，是名畫中最具形態之美的作品。那是畫一個裸體少女在岩畔山泉處汲水，肩負水壺，天眞恬靜，公認是裸體傑作之一。

赤裸裸豐盈肉體

安格爾以女性爲題材的名畫，大都赤裸裸的，一絲不掛，姿態柔美，肉體豐盈，最絕的是他都把這些裸體女郎，置於泉水旁邊，他的裸體畫始終和泉水分不開，因此美術史上都把安格爾的裸體女性，稱之爲「泉女」。

從畫面上看來，安格爾的裸女曲線玲瓏，皮膚光滑柔軟，好像是黃花閨女，小家碧玉。其實他畫中的天眞少女，全是巴黎娼妓流鶯之類。

他之所以會選擇這種歡場女子作模特兒寫生，那是有一次在巴黎，偶然在街上遇見名叫華莉妓女，她剛投入這行業不久，還保留著少女的光彩，被安格爾一眼看上，便邀請她來作自己的模特兒。那幅「汲泉女」是第一幅，幾乎窮四十年光景才完成。

克拉克所著「畫家與模特兒」一書中，對於安格爾的風流韻事，描寫得頗爲精彩。安格爾愛到巴黎的風化區閒逛，因爲他能信筆畫出風塵女郎的畫像，因此很受她們歡迎，那些賣笑而無愛情寄托的胭脂女，頗欣賞這位才子，因此他的露水情婦不少，也經常有不少艷遇。

「汲泉女」純潔泉源

安格爾剛開始畫「汲泉女」時，正是青春情熱的時期，何況那位女郎又是他第一次看見那樣赤裸裸的女性。他在她的身上，看到了少女純潔的泉源，那一種含苞初放的光彩，因爲他的努力追求，想把這個靈感表現在畫上，可是這種朝露春光一樣的美麗，稍縱即逝，後來想再度捕捉，已不復出現。

安格爾所作的裸女或半裸女郎，或者是肖像畫，不是在泉水邊，就是喜歡用阿拉伯土耳其的後宮，或者以中東式的華貴宮室作背景。

因此看他的畫，模特兒雖然不是貴婦人，就是宮女或是皇帝情婦，再不然就是街頭流鶯，但給人的感覺相當華貴，何止僅僅是貴婦人氣質。她們的肉體珠圓，氣質雍容華貴。這就是古典主義繪畫的特色，安格爾正是這個主義的健將之一。

「浴女」的裸背曲線之美

有趣的是，在安格爾的名作「土耳其浴女」中，最引人注目的裸女竟然

浴女　安格爾作
1808年　油彩・畫布　146×97cm
巴黎・羅浮宮美術館藏

是坐在畫面正前方居中，背對著觀者的彈琴女子，她的美背、豐滿有彈性的肌膚，以及曲線優美的坐姿，恰與另一幅「浴女」有異曲同工之妙。更絕妙的是「土耳其宮女」那弧度異常完美，細嫩逼眞的裸背之美了。

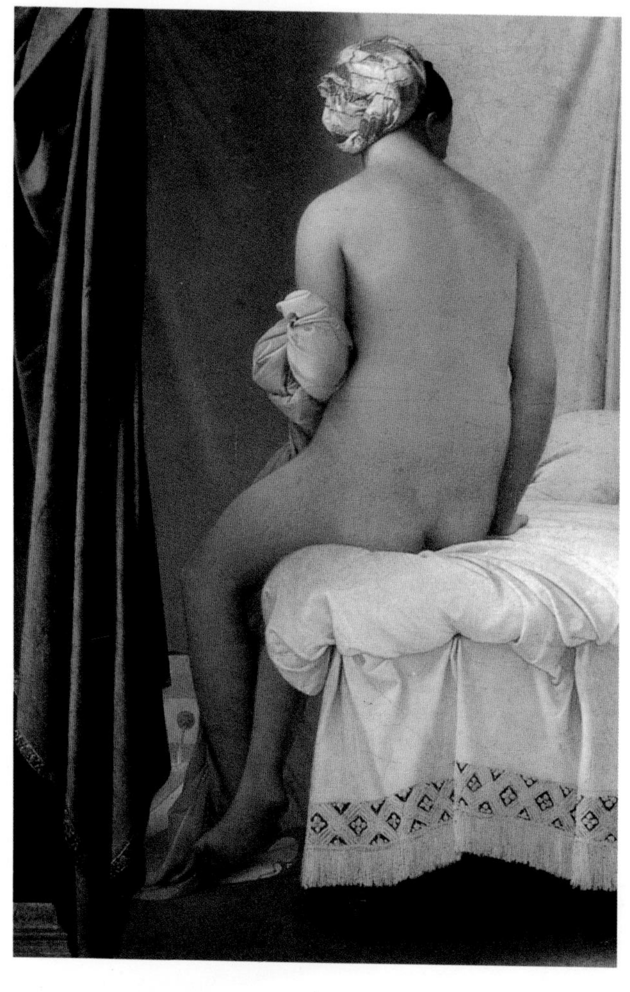

土耳其浴女　安格爾作
1862年　油彩・畫板　直徑108cm
巴黎・羅浮宮美術館藏

土耳其宮女　安格爾作
1814年　油彩・畫布　91×162cm
巴黎・羅浮宮美術館藏

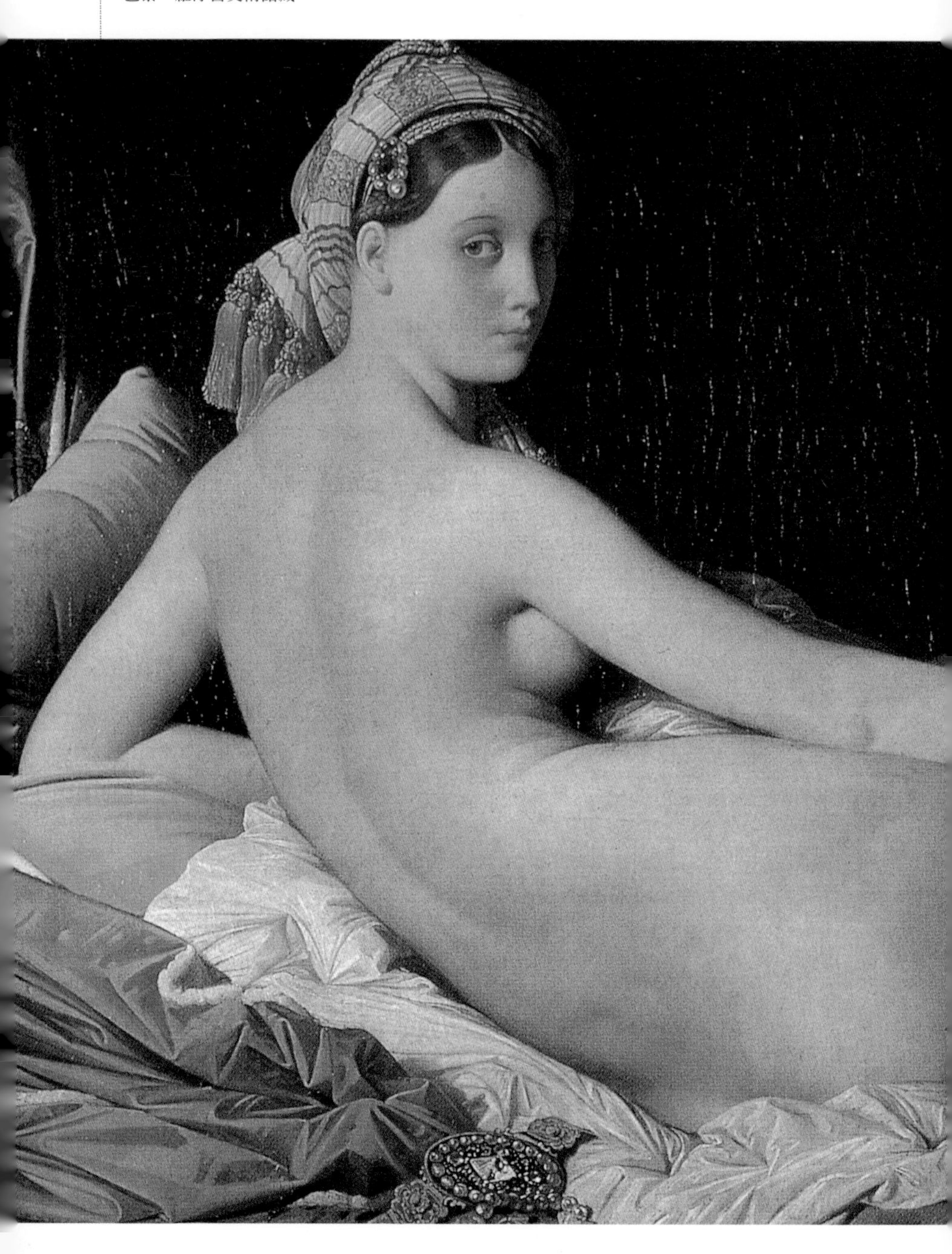

INGRES

高爾培　大地之女

高爾培 (Gustave Courbet 1819-77) 的一幅「浴女」，是描寫身材健碩，皮膚堅硬，像大地上的岩石感覺的浴女，聽說1853年在沙龍入選展時，拿破崙看見了這畫，在展覽會場上大聲道：「這幅畫美在那裡，你們看她像不像女人，一點柔和氣氛也找不到。」王后站在一旁答腔說：「簡直像我騎的母馬。」

連拿破崙都罵「浴女」

的確！高爾培筆下的裸女，全是有著巨大肩膀，粗粗的腰，四肢發達，高大宏偉，胸挺肩圓，給人的印象健康寫實派，甚至違反傳統對女性美的一貫理想化原則。

他是巴比松畫派中的寫實畫家，對於鄉土觀念很重，愛描寫村姑般的健康姑娘，那些裸女好像是在大自然下長大，完全失去古典派那股對女性描寫的細膩、華麗與柔和。她們是莊稼女，而不是溫室中的閨女。

高爾培不但描繪鄉村風景的優美，對於生長在美好大自然中的人們，也格外喜愛。我們了解了他的此一特殊風格，再來欣賞他的「三位浴女」，豈不是可以嗅到樸實情調。

喜歡畫女性美的瞬間感覺

高爾培的素描功力很夠，表現在裸女上的作品，格外大膽而有力。他喜歡把握女性美的瞬間感覺，運用平實的筆調，發揮色彩之美，又努力保持實在感。也唯其如此，他所描寫的女性散發著女性官能美的特殊魅惑力，令人看一眼便難以忘懷。

高爾培除了愛畫赤裸裸的健美浴女外，也很喜歡畫女性肖像畫，那些肖像多數衣服單薄，全都掛在乳房上，一副快要掉落下來的樣子，頭髮散落胸前。你看！這種畫像多麼粗野、健康，卻微露挑逗人的模樣。

高爾培歌頌自然，在他看來巴比松鄉下的「割麥女」，那工作累了休息時敞開胸襟的美態，是任何模特兒身上都看不到的。當然展開在他畫面上以後，卻融匯了個人幻想，他以詩人的熱情，展現浪漫的情調。

畫女性芬芳也寫柔情

高爾培感受到女性的芬芳，是具有激烈的魅力，所以在他以女性美名畫上，熱情美態中也含蘊靜默的詩情，溫柔依人的情意。

在「夏日的夢」、「入睡的金髮女郎」與「浴罷小憩」中，那靜息樹蔭下的女人，無憂無愁的躺臥午睡。她們忘掉了生活，忘掉世事，超然獨立於塵世。從自我意識的緊張中解放出來，恢復到生命的安逸面。她們像歸

浴女　高爾培作
1853年　油彩・畫布　227×193cm
蒙彼利埃・法柏美術館藏

衣大地，是大地的子民。這一瞬間的詩情畫意他把握得很恰當。

高爾培歌頌自然，他筆下的女性都是大地之女。無論是在山泉溪畔、林

浴罷小憩　高爾培作
1845年　油彩・畫布　88.5×68.5cm

入睡的金髮女郎　高爾培作
1857年　油彩・畫板　65×53cm
法國・巴黎・私人收藏

裸婦　高爾培作
1868年　油彩・畫布　46×55cm
美國・費城美術館藏

間水際，或是海邊，這些裸女都是那樣地安逸悠閒，與大自然場景融爲一體。她們的體態健美豐碩，徜徉於林野鄉間或休憩或玩樂，雖有些粗野樸實，卻也別具魅力。

像「浴罷小憩」、「入睡的金髮女郎」和「裸婦」那樣，她們的裸露是那麼地自然舒適、天眞無邪，垂姿如此的融入山川之中，成爲生長、游憩於其間的大地之女。

夏日的夢　高爾培作
1844年　油彩・畫布　71×97cm
溫特圖爾・奧斯卡・萊因哈特美術館藏

「夏日的夢」甜美動人

而斜躺在吊床上、美夢正甜的這位甜姐兒，已熟睡得渾然不知置身於何處的可愛模樣，令人羨慕。高爾培爲她編織甜美動人的「夏日的夢」境。在繁花盛開、綠樹成蔭、清風徐徐中沈入夢鄉的俏佳人，是到大自然中偷閒小憩的都市姑娘嗎？

活潑躍動的「三位浴女」

他在「三位浴女」中巧妙地捕捉了三位浴女戲水玩耍的瞬間動感美姿。中間的裸女正墊起腳尖做跳躍狀，其下的金髮浴女踩在水中，而著衣的女郎則一腳踩在石上，以翻轉動勢的身影坐在樹下。三人呈一對角線排列的連續動作般，畫面活潑躍動。

三位浴女　高爾培作
1868年　油彩・畫布　126×96cm
巴黎・小皇宮美術館藏

割麥女　高爾培作
1857年　油彩・畫布　65×80cm
日本・西宮市・大谷紀念美術館藏

泉　高爾培作
1868年　油彩・畫布　128×97cm
巴黎・奧塞美術館藏

豐滿健美的「割麥女」

高爾培的「割麥女」與他「夏日的夢」中女郎，雖是一樣地酥胸半露、露出裙下的美腿，但卻不若「夏日的夢」般地純眞無邪、小家碧玉。而是更加地豐滿健美，體態撩人。

寫實迷人的「泉」

高爾培也和安格爾一樣，喜歡探究女人的裸背體態，但他是寫實逼眞的自然呈現，不加任何美化與修飾。像「泉」中的裸女雖豐臀肥腿，仍具彈性、凹凸有致的迷人肌膚。

梳女　柯洛作
1859年　油彩・畫布　92×179cm
巴黎・私人收藏

柯洛　村姑

柯洛 (Camille Corot 1796-1875) 在藝壇上是以風景畫聞名的一位寫實主義畫家，這位從巴黎移住到田野裡去，和米勒 (Millet) 等同在巴比松村生活的畫家，他那以銀灰色的調子，配以樸素的人物和白色屋子的風景畫，早已在藝壇佔有很高的地位。

他是有名的風景畫家，而大家對他的風景畫是那麼的崇拜，其實，柯洛除了風景畫外，他的人物畫也畫得非常出色。可能因爲他在風景畫方面的成就是那麼驚人，所以他的人物畫一向並未引起人們的注意，直至最近始被發現，其實他描寫人物的技巧毫不亞於他的風景畫。

巴比松的村姑甜美入畫

柯洛的風景畫以充滿詩情爲世人稱道，他的人物畫也保持著一貫風格，他1850～59年間畫了很多肖像或人體畫，這些人全是巴比松的村姑。「梳女」、「躺臥的仙女」等畫中的女性描寫得像他的風景畫般甜美和詩意，溫和而平靜的畫面，除了柯洛以外，其他畫家很難有這般優美的表現。

巴比松的這村莊，約有百戶人家，田園景色異常清靜，那兒有高大的林木，潺潺的流水，芳草連天，百鳥爭鳴，飄忽的雲朵，輕輕的微風，紅紅的朝暾，銀色的晚煙，這個「靜念園林好」的一群，在那兒創造了他們的自我樂園，其中柯洛更創造了他美麗的世界。

柯洛盤桓在巴比松的森林間，靜聽樹間的風聲和鳥鳴，靜觀溪中游魚的追逐及藍天上的朵朵雲彩，朝夕與大自然相親近，用他的愛及熱情來凝視自然的一切，一草一木被他描繪得彷彿是捉住了個性而加以神秘化。

置身寂靜晨光夕霧

他喜歡描寫寂靜的晨光，美麗的朝霞，以及灰白的夕霧，淡淡的籠罩著整幅畫面，如夢如幻的詩情，使人心曠神怡，他的風景畫一看便使人充滿一片安詳靜謐的美感。

評論家都說：「柯洛是巧於風景而拙於人物的畫家」，其實這是非常誤解他的。柯洛的人物畫，實在超過他的風景畫。

好像他的一系列「村姑」作品，已不像同時代畫家在作著複雜的構圖表現，他只畫一個少女的像，用單純、簡單的素材，來表現多樣趣味。

柯洛採取穩靜而生動的明暗，使人在這小小的畫幅裡，體味到容積的飽和。他用風景畫色調，冷色中略帶灰色，是一種相互對照的巧妙安排。畫面的右方，背景上所引的水平線，是在照應著人體的感覺。人體的背後，

躺臥的仙女　柯洛作
1855～58年　油彩・畫布　49×75cm
日內瓦・國立歷史美術館藏

一切景物顯得一派詩情的情境。他的畫有一種牧歌的趣味，內容包含著單純的永續。

「躺臥的仙女」如夢似幻

柯洛除了留學義大利羅馬期間的人物畫，如1843年畫的「瑪麗塔」是躺在室內的床上外，他後來的人物畫大都置身於巴比松村莊的林野、山澗或海邊。赤身裸體斜躺在大自然的鄉野村姑，始終令柯洛著迷。

柯洛喜歡以自己熟悉的題材作畫的中心，像音樂家隨意奏出的變奏曲。像他以斜躺在林野間仙女般村姑裸女爲題材，所作的系列畫作：「躺臥的仙女」、「海邊的酒神女祭司」及「鈴鼓前的酒神女祭司」等作，都在風格獨特、富有詩意的大自然中，蘊含著一股神話般的幻覺，給人一種如夢如幻的人間仙境之感。

這些不食人間煙火般下凡的仙女精靈們，其實只是他所熟識的村姑們。柯洛不畫染有都市脂粉味的小姐，卻迷戀來自大自然、在鄉野間成長，健康樸實、莊重大方的村姑少女。他的人物畫都很安詳，一如其風景畫般的純樸富詩意，風采獨具。

海邊的酒神女祭司　柯洛作
1865年　油彩・畫布　38.7×59.4cm
紐約・大都會美術館藏

鈴鼓前的酒神女祭司　柯洛作
油彩・畫布　57×100cm
華盛頓・科科蘭畫廊藏

瑪麗塔（局部）　柯洛作
1843年　油彩・畫布　29.3×44.2cm
巴黎・羅浮宮美術館藏

秀拉　繽紛世界

模特兒・背面　秀拉作
1887年　油彩・畫板　24.4×15.7cm
巴黎・奧塞美術館藏

模特兒・側面　秀拉作
1887年　油彩・畫板　15×24cm
巴黎・奧塞美術館藏

秀拉 (Georges Seurat 1859-91) 有幾幅很有名的傑作，都是以人體畫而永垂萬世。他是點描派代表畫家，運用光學的原理，把色彩散點在畫布上，他用人體表現自己畫派。

他是屬於新印象派的畫家，在新印象派之前的印象主義，描寫早晚各時間的光線和由空氣變化而來的種種調子，印象派雖然說是藝術的科學化，而其對於「光」的描寫，並未完全被所謂科學的實驗所局限。

繪畫還談色光原理分析

實際上，把實驗科學的研究應用到繪畫上的，要算是法國的新印象派畫家，也就是秀拉領頭的一群，他們創立了徹底的科學化描寫法，把自然界的原色及補色，在畫布上作成許多小點，近看雖然是那些小點的集合，在相當距離內，則原色爲眼睛的水晶體所綜合，便立即表現出由「色」而生的「光」的效果。運用這種方法最透徹的就是秀拉。

我們從這幾幅「馬戲團」、「模特兒」、「撲粉化妝的女子」看，他對光線、色彩在人體上所產生的光與空氣的表現，實在令人欣賞到神陶醉然境地。不僅僅是描寫或表現光線的眩惑，進一步達到在單純的形象中表現出事物形狀的立體感，這一點的發現，對於立體派崛起，有著強烈影響與深刻啓示。

畫面如繽紛的水晶色點

秀拉在畫面上的女性，有靜止的，也有動作的。靜止的大都是站立或坐著的「模特兒」，他很重視畫面構圖的均衡美，有如繽紛的水晶色點，塗在上面，閃爍鮮艷，美麗異常。而動作的則以「馬戲團」女郎、赴宴，或在公園裡的姿態出現在畫面上，他這些人好像全是在渡假，安詳閒適，陽光柔和，仕女美艷。

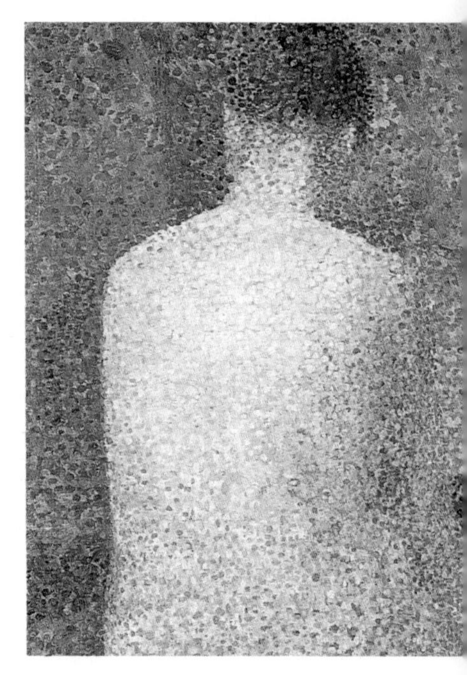

模特兒・正面　秀拉作
1887年　油彩・畫板　26×17.2cm
巴黎・東京宮藏

模特兒（小品）　秀拉作
1888年　油彩・畫布　39.4×48.7cm
慕尼黑・當代繪畫館藏

「模特兒」精妙絕美均衡感

在1887-88年間，秀拉以「模特兒」爲題，畫了大幅及小品兩幅畫作，並分別爲畫中的三位模特兒個別畫了單幅習作。藝評家馬爾克斯稱讚此畫：「畫中自有一種緊密交織的系統，加一個扣子，減一條絲帶都會破壞那奇妙的整體感。自普桑之後，尚無人能臻至如此精妙、絕美的均衡！」

秀拉的「馬戲團」也有異曲同工之妙，人物造形與構圖佈局意趣橫生。

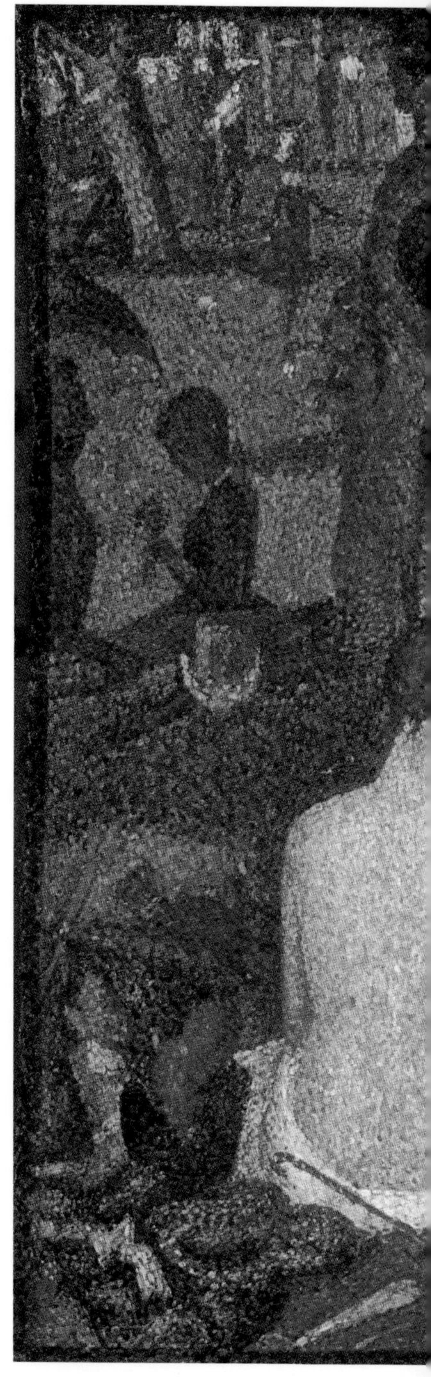

馬戲團　秀拉作
1891年　油彩・畫布　150×186cm
巴黎・奧塞美術館藏

撲粉化妝的女子　秀拉作
1890年　油彩・畫布　79×95cm
倫敦・古耳托畫廊藏

塞尚　水浴圖

在塞尚 (Paul Cézanne 1839-1906) 的畫集裡，大家都知道他畫了很多「水浴圖」，那些在池旁沐浴的健美女性，常常是一群一堆的出現，不了解的人以爲塞尚是面對著那些裸體女郎寫生的，其實塞尚從不雇模特兒寫生，他曾說：「我最怕面對赤裸的女郎，何況是畫室裡的模特兒。」

分析人體在大自然下色彩變化

他的「浴女圖」或「水浴圖」中的模特兒，事實上是他的風景畫，赤裸裸的水浴女郎，只不過是風景中的陪襯。當塞尚創作時，爲了分析人體在大自然之下，色彩的變化，經常是雇用男性模特兒來寫生。

塞尚的風景畫，並不完全是靠寫生的。他只不過是根據小幅的水彩寫生畫稿，坐在畫室裡再行安排畫成的。至於畫中的那些裸體浴女，不是男性模特兒，就是根據印刷品臨摹而成。

塞尚秉性是位很孤僻的畫家。他有一件事情被人當作笑話，那就是他生平最怕女人。塞尚的女性模特兒，除了自己的妻子以外，就是家中一位年輕的女僕。他畫室裡經常準備有魯本斯、提香等擅畫裸女畫家的作品圖片參考。畫中需要一個什麼樣姿態的人體，就從印刷品上找一個來臨摹。

他是現代繪畫之父，在繪畫上的建樹，頗多自我表現手法，雖然經常是對著印刷品臨摹，但是通過這種形象所表現的自我印象，則完全是塞尚的本人面目。

畫女性卻畏懼女性魅力

這兒有一個被後期印象派畫家們傳來傳去的故事：他在學生時代，頭一次上裸體寫生，他那次位置搶到很前面，最先他以爲是靜物寫生，當模特兒把浴巾除下時，他嚇得驚叫一聲，越畫精神越亂，內心興奮異常，最後不知怎麼搞的，倒在畫室裡。

塞尚曾試驗多年，總不能克服自己這樣的先天缺點，致使他成爲畫家以後，就從不僱用女性模特兒來繪畫。塞尚不喜歡裸體，因此對於模特兒沒有什麼感情，但他自然懂得人體在繪畫上所佔的重要地位，不能不把握這一部門的技巧，於是畫人體素描，對他來說就成爲一件苦事了。

沒有感官之美裸體畫

他畫人體，祇是當作一個「女性」的形象來畫，並不注重解剖上的一切細部。有時他畫中女性的某個部位需要特別精確細緻描繪時，便央求自己的妻子臨時給他作模特兒。或者找已失去女性肉體魅力的女僕替代。

塞尚說：「我在她們面前不致緊張

四浴女圖　塞尚作
1883～87年　油彩・畫布
東京・富士河畫廊藏

得雙手微顫，不能執筆。」女性裸體畫在塞尚的作品中，遠不及魯本斯、是香那樣的給人感官上的美。

就如同他一連好幾幅的男或女「水浴圖」吧！那些被誇張的浴女大腿，一個個像石柱一樣，與那參天大樹同樣作爲構成整個畫面的主要部分。

六男浴者　塞尚作
1895年　油彩・畫布　27×46cm
美國・巴的摩爾美術館藏

男浴者　塞尚作
1892～94年　油彩・畫布　60×81cm
巴黎・奧塞美術館藏

五男浴者　塞尚作
1879～80年　油彩・畫布
美國・底特律藝術學院藏

「男浴者」與自然景物融為一體

塞尚的「水浴圖」不只畫浴女，同時也探究數個「男浴者」與大自然景物的互動關係。這些男浴者或是浴女都僅具簡單基本形體，他把人物視爲構圖的要素，藉著人物的組合來詮釋形式的美學，它不是肉體感官上浪漫激情表現，而是理性結構的探究。

馬蒂斯　裸女

馬蒂斯 (Henri Matisse 1869-1954) 幾乎是窮一生時間用速寫畫室內的裸婦，或以油畫運用明朗色彩和穩健線條畫躺在畫室裡的裸女，晚年雖不能繪畫了，還用剪刀剪出裸婦的健美造形。

繪畫最大優點——單純化

而馬蒂斯繪畫的最大優點是「單純化」，他的裸女誠如其優點的簡單，不浪費筆墨。色彩運用大紅和黃色的對比原色，以黑色線條組織畫面，刻畫主題，看來是寫實的，但四周氣氛浮現，效果逼人。

馬蒂斯是野獸派主要畫家，他的畫脫離不開野獸畫派的特色：

(一)平面的構圖，取消傳統的遠近比例和陰陽向背。

(二)大塊的原色，儘量使顏色成爲裝飾趣味，完全忽視題材或目的。

(三)注重線條的美。

(四)強調主觀的詮釋。

他喜歡以裸女作題材，那些赤裸或半裸的女性多採取橫臥姿態，如「粉紅色裸女」等作。或是斜坐在椅上，如「有小鼓的波斯宮女」、「坐在藍坐墊上的裸女」和「波斯宮女」等。他最愛描寫嫵媚的女性人物畫，常常從各種不同的角度去安排模特兒，運用各種角度表現不同姿態的美。

描繪女人韻律的和諧

他描繪的是女人韻律的和諧，優美的體態。並不像雷諾亞與羅特列克所描寫的女人的肉與性，這種風格是他所獨有，也是受模特兒的啓發所致。尤其他的傅色典雅，好像披上一襲華貴而又炫耀的外衣，明快簡潔，沒有一點憂鬱性或晦澀性。不論任何人看到他的作品，都可感到他單純化和裝飾化的濃厚趣味，像「在裝飾模樣中的人物」等作。

而馬蒂斯藝術的淵源，是受了黑人雕刻的啓示。那種未經開化的單純形象，充分表現出原始的風格，由那些風格形成稚拙的形體。

粗野的線條以及歪曲的塗繪所給予馬蒂斯的影響，一方面使他建立了單純樸素的畫風，另一方面則是彩色裝飾的有效運用。

在他悠長的藝術生涯裡，他深受東方藝術的沉浸，無形中在作品上加添更大的魅惑力量，使人看來不禁爲那明快而清新的色彩所陶醉。

靠色彩表現大自然情趣

在技巧上，馬蒂斯的「色彩裝飾」論，單純的線條與奪目的色彩，展開了一大片光輝燦爛的新人生與新的世界。他消除了纖巧玲瓏的姿影，而且充滿了活潑亢奮的趣味。他們以象徵

在裝飾模樣中的人物　馬蒂斯作
1927年　油彩・畫布　130×98cm
巴黎・龐畢度中心藏

粉紅色裸女　馬蒂斯作
1935年　油彩・畫布　66×92.7cm
美國・巴的摩爾美術館藏

波斯宮女　馬蒂斯作
1923年　油彩・畫布　65.1×50.2cm
華盛頓・國家畫廊藏

光明與健美的色彩變化，與大自然的色彩默契，又與大自然的色彩爭雄。

馬蒂斯把色彩或線條加在裸女的造形上，感覺始終是那樣暖暖的，彈力很夠，給人一種躍動的美感。

馬蒂斯在「畫家備忘錄」上曾說：「我所希望的是一種平衡、純潔和明朗的藝術，避免觸及令人煩惱與窒息的主題，這種藝術對於勞心者或是實業家，具有一種寧靜的影響和安慰力量，在藝術家的欣賞中，人們如同坐在舒適的安樂椅中，可以恢復身體上的疲勞。」

像「粉紅色裸女」便追求平衡、純潔和明朗，予人寧靜與安慰力量。簡化到不能再簡化，卻充滿生命力且氣勢磅礡，穩定而活潑明快。

有小鼓的波斯宮女　馬蒂斯作
1926年　油彩・畫布　75×56cm
紐約・現代美術館藏

坐在藍坐墊上的裸女　馬蒂斯作
1924年　油彩・畫布　72×60cm
私人收藏

麗達與天鵝　馬蒂斯作
1944-46年　三聯畫　油彩・畫板　183×157cm
私人收藏

藍色裸女IV　馬蒂斯作
1952年　剪貼畫　103×74cm
法國・尼斯・馬蒂斯美術館藏

H MATISSE 52

羅特列克　紅磨坊艷影

看過「青樓情孽」電影的讀者，一定對片中那位醜陋的矮子畫家羅特列克 (Toulouse Lautrec 1864-1901) 很同情。

「青樓情孽」侏儒畫家

提起羅特列克的畫，不能忽略他筆下巴黎蒙馬特的神祕夜生活寫照圖。羅特列克很愛畫生活在蒙馬特夜生活中的神祕人物，因此在他的畫中，不是紅磨坊的歌舞女郎，就是沉緬於歡場中的可憐女人的寫照。

羅特列克用半生的歲月混在巴黎的風化區裡——蒙馬特，他日夜和那些伶人及操皮肉生涯的女人為伍，他畫盡她們的生活痛苦；她們也常跟他尋歡作樂，共同打發不少日子。

蒙馬特藝術家醉鄉樂園

介紹羅特列克前也該先談一下蒙馬特。蒙馬特這個地方是巴黎夜生活的中心，那兒有：音樂廳、馬戲團、劇院、酒吧、妓女院……很多文學家、藝術家、音樂家愛到此來尋找靈感，當時印象派的畫家們全聚集在此製作藝術的源泉和啓發創作靈感。

羅特列克年輕時在此和梵谷相遇，彼此志同道合，很快成了知己，當時他和克蒙畫室一批畫家們只要一有空就往那跑。這也就是他開始畫紅磨坊艷影緣由。

在蒙馬特過慣了那兒的生活，接觸久了生活在那兒的人們，漸漸的了解和同情掙扎在蒙馬特的歡場女人們，因此他的畫筆很快便指向她們的一切面目。

羅特列克有一套表現梨園女伶畫，也是他描寫「紅磨坊」(Moulin-Rouge) 的舞孃與歌伶淋漓生活寫照。

紅磨坊不知更年靡爛歲月

羅特列克之所以選擇這題材，除同情畫中人物外，另一重要原因是他愛看戲，紅磨坊的「康康舞」那種節奏音樂，配合女伶的胸脯與臀部的一蓬一動，臉上一笑的方式，很是讓羅特列克著迷。

此外，舞臺上人物的姿態、身段、動作、服裝、化妝更吸引他，他畫色彩華麗、化妝巧妙的舞臺表演者，同時也畫穿著瀟灑服裝，像洪水氾濫的笑聲和眼淚，以及一齣好戲所引出的觀眾興奮氣氛，相反的他也畫娛人而取悅不了自己的歌舞女郎生活的另一面可憐面目。

紅磨坊的生活在羅特列克筆下有歡樂一面，也有痛苦一面，也可以說誰都無法像他畫得那樣眞實動人。

羅特列克說來也可憐，因為他的身材矮小，皮膚瘦乾，曾追求過紅磨坊裡的歌女、紅伶、模特兒，甚至貴婦

露西小姐　羅特列克作
1896年　油彩・紙板　80.7×60cm
法國・阿爾比・羅特列克美術館藏

調整襪帶的女人　羅特列克作
1894年　油彩．畫布　61.5×44.5cm
法國．阿爾比．羅特列克美術館藏

名媛，但因他肉體上的畸形與缺陷，沒有一個肯嫁他爲妻。

他曾用畫筆捧紅過康康舞孃珍．愛薇，而珍．愛薇卻對他棄之如敝屣，甚至有時還把他當做小丑把玩一番。

畫盡舞孃與觀衆百態

他剛到蒙馬特時常坐在「紅磨坊」一角，一面喝酒、一面不停筆的畫舞女和觀眾的眾生相。過去他雖曾應畫商之請，畫些賞錢的動物，可是那些對他說來，實在無法滿足他心裡的創作慾。他去觀察蒙馬特歡樂街的人，然後再呈現在畫布上，使他感到那些題材刺激而痛快。

從20歲以後，他白天晚上都去觀察娛樂場和遊藝場的舞女，把那些藝人歌女作爲創作靈感的主題。1887年那一系列「紅磨坊招貼石版畫」，就是在此種情況下轟動巴黎藝壇的。

羅特列克在1889年曾製作一幅「女伶」，可能是梨園畫中最動人的一幅油畫。而最大一幅油畫則是「紅磨坊艷影」，他畫蘭娣舞女跳波利樂舞表演的出色紅伶，羅特列克把她那種輕歌妙舞，大展歌喉，姿態優美表情，描繪得入木三分。羅特列克平常畫這些梨園畫，人物全是現場寫生，背景構圖全是在畫室中完成。

輕歌妙舞後艷影悲悽

說起他的怪癖，可能和坎坷生命加上不幸遭遇有關，1880年他臥病時，非常盼望他心中愛慕的勃妮來看他，當時他向好友寫信說：「她很親切，時時來安慰我，做我的對手。我聽著她說話，卻已不能看看她的臉了。因爲她是那麼高，那麼美，而我是又矮又醜」。你想，他因有自卑心，是多麼痛苦呀！

又有一次在戲院裡，他被邀到某個女演員的樓座裡去時，那女演員瞧著他的臉孔說：「鬍鬚長得多難看，何不把牠刮光呢？」等到他照她所說把鬍鬚刮光後再去時，她卻說：「比以前更難看啊！」他只好垂頭喪氣地退出。他的性情剛強到幾乎近於頑固，在人前是絕不會露出弱點的，可是那次他淌下好幾滴眼淚，也不去掩飾。

解不完苦楚喝酒解心痛

他常對女模特兒、女演員，或是舞女們表示內心愛意，又得不到垂青，因此常喝酒麻醉自己。

他內心空虛，經常出入妓女院，用廉價金錢換取肉慾，也只有在妓女院才可以不介意自己的醜陋，當然這樣只是一種似自虐的作法，他不但包嫖妓女，和畫商連絡還約來妓女院談，有次畫商魯埃爾應約來妓女院見羅特

拉起襯裙的婦人　羅特列克作
1901年　油彩・畫板　41.5×55cm
紐約・水牛城・歐爾布萊特—那克斯藝廊藏

兩人的女友們　羅特列克作
1895年　油彩・厚紙
私人收藏

斜躺裸婦　羅特列克作
1897年　油彩・畫板　32.5×41cm
美國・賓州・班士基金會藏

列克的時候，馬車夫來到這惡名昭彰的地方不肯停車，結果畫商只好走一段路，從老遠停車走來。

據說他喜歡一個女人，因爲怕她看見了自己的醜相，都不敢正面和她談話，而要求背著面相談。你看！他就是這麼一位神經質的人。他不想把自己不幸的傷口，弄到更痛苦的地步，這種心理和他猛烈反抗別人注視自己的好奇眼光，實出於同一根源。

歡場人物特有表情與色彩

由於他生活在歡場裡，當然他所畫

歡場人物格外動人有力。他喜歡注意各種人物神態，他的畫在這方面尤具敏銳力。他對於設色也很有心得，色彩配合得極爲大膽，構圖別致，對於人的面部表情刻畫尤爲突出。

他寄情於繪畫，縱情於色慾，更使那殘缺不健全的軀體日趨敗壞。在親友的考慮和母親的同意下，把他送到一家設備很完善的瘋人院，在醫生的調治下，健康很快恢復，在院中他憑記憶畫了很多幼年常看的「駿馬」畫像，院中醫師覺得這位「瘋人」會繪畫，一定是正常人，就叫他出院。

歌前幕後悲愴與憂鬱

羅特列克的畫歸納來說，以「紅磨坊」的艷影爲多，那些女人歌前幕後悲愴憂鬱的畫面很是動人。

他有一連串描寫伶人生活的畫，沮喪女伶周旋於賓客之間的媚笑，皮笑肉不笑。悲愴而帶憂鬱色調，背景是深沈的，那裡沒有歡樂，女伶帶著痛苦取悅大眾，眞是可悲命運。

他的「紅磨坊」艷舞，把當時巴黎的名舞，用粗野、喧鬧、瘋狂、趣味訴諸於畫筆。他又愛畫名女人肖像，那些背景常襯托出那名女人舞蹈時最精彩的美姿，很綺麗也極引人遐想。他筆下的是蒙馬特的神祕生活，也是生活中的神祕人物。

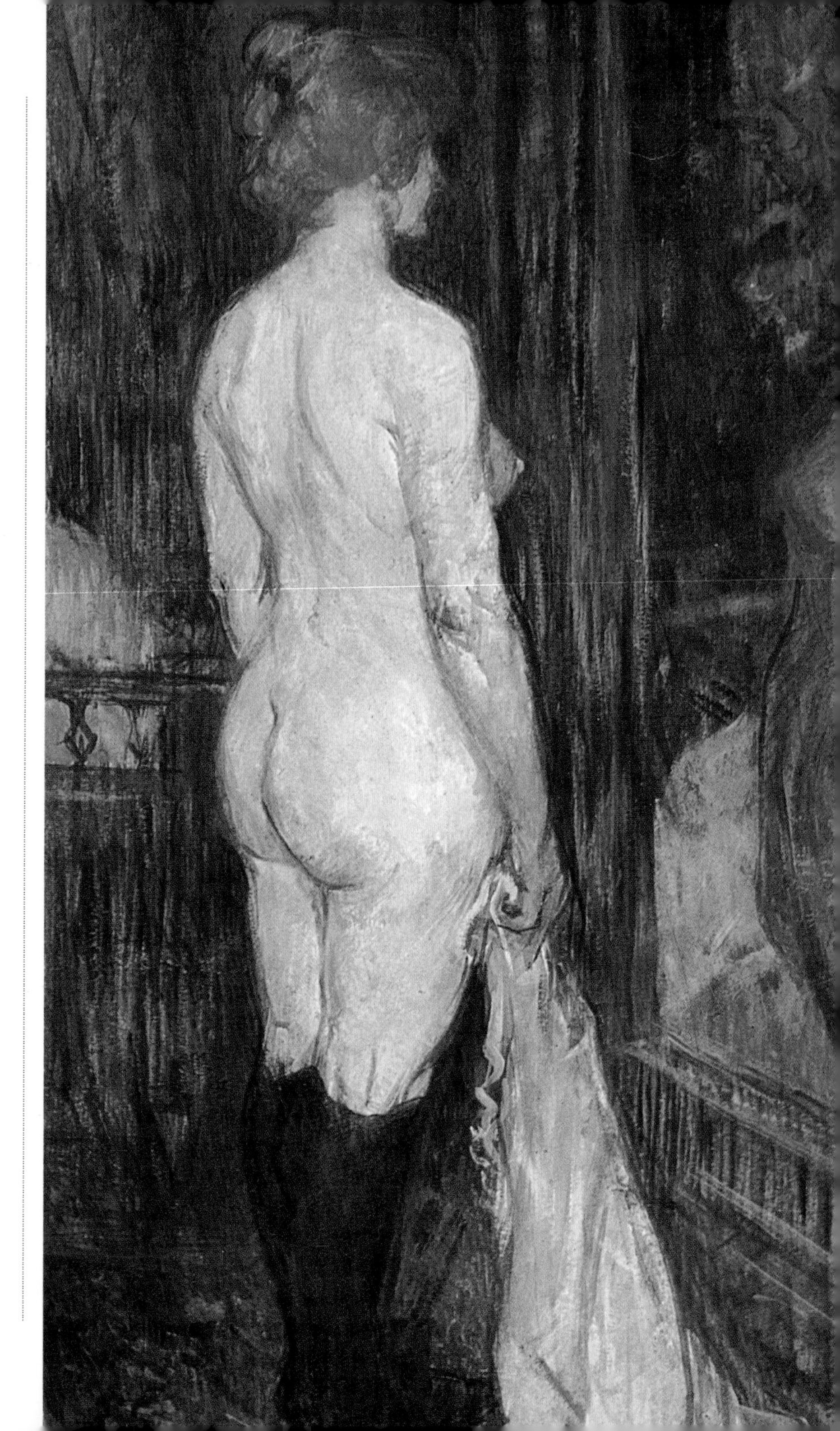

紅毛的裸婦　羅特列克作
1897年　油彩・畫布　47×60cm
私人收藏

娜娜在晨妝　馬奈作
1877年　油彩・畫布　154×115cm

妝扮的女人　羅特列克作
1896年　油彩・絹　104×66cm
阿爾比・羅特列克美術館藏

「妝扮的女人」紳士也愛看

馬奈曾畫過一幅「娜娜在晨妝」，羅特列克也畫了一幅內容構圖類似的「妝扮的女人」，在她倆身旁都有一位紳士專注地盯著她們妝扮。

「紅毛的裸婦」惹愛憐

在羅特列克灰暗色調與略顯雜亂潦草的筆觸中，「紅毛的裸婦」正在觀望鏡中裸裎的自己。他常以側面或背面來描繪這些衣衫不整、體態豐滿風騷的娼婦舞女，我們看不到畫中女子的表情，卻看得到羅特列克對她們的愛憐與同情。

她們的豐乳肥臀與黑絲襪似乎已成他畫中的象徵，羅特列克因與她們朝夕相處，才能觀察入微、描繪深刻而細膩。因此，不管是像「妝扮的女人」、「兩人的女友們」般的男歡女愛場景，或是像「斜躺裸婦」、「拉起襯裙的婦人」、「調整襪帶的女人」，或「露西小姐」與「紅毛的裸婦」等，種種生活中台前幕後的小片段，都一一留下記錄。

洛可可　華麗精巧

18世紀初，歐洲巴洛克 (Baroque) 尾聲，法國藝術家們在窒息得喘不過氣來的陰室裡，隨著路易十四的去世，大家重新呼吸自由清新的空氣。

在路易十四統治的15年期間，藝術家們陷入半生半死的狀態，在困苦、平庸的、不快樂的假貞節中，畫家被折磨得毫無發揮餘地，可是等到路易十四時代結束，藝術家在一夜之間，重燃創作的靈魂，藝術邁向華麗典巧的新境界。

洛可可畫派講求安逸舒適

這一群歌頌美好，愛好自由，喜歡畫貴族豪華生活及表現女性丰采的畫家，是洛可可 (Rococo) 一群。洛可可畫家以華麗典巧的線條筆觸，描寫安逸舒適，樂天享受的人們，那種和平快樂的年代。

那也是年幼當政的路易十五，在政治上雖然失敗，可是他愛好藝術，提供藝術家前所未有的創作環境。當時很多被放逐藝術家重新回到巴黎，在路易十五鼓勵下，呈現前所未有的華美光輝局面。

畫家們把畫筆指向貴婦人的豪華住宅，描寫她們社交生活，當時是崇尚宴遊，婦女們穿著大裙在別墅裡，在典麗大廳裡宴客跳舞。那也是男女放浪形骸，充滿火熱情懷的年代，年輕男女重視歡笑戀愛，她們在花園裡嬉遊，談情說愛。

畫面有如天上人間

因此展現在洛可可畫家們的畫面，是股柔和美好的色調，也是甜美、快樂，宛如天上人間的世界。有人將這一群畫家取名爲「愛嬌的畫家」，因爲他們全是畫18世紀初，法國社會女性的歡樂丰采，也是享盡生活美好妞兒，每天不是穿著漂亮衣服，就是坐在化妝間裡化妝，再不然就是赤裸裸躺在床上思春，她們的軀體全是豐滿健美，曲線玲瓏，身材美好，充滿青春熱情的一群。

洛可可的年代，個人和社會自由覺醒，大家偏重精神享受，競尙理想，耽於享樂。也唯其如此，洛可可繪畫的特點是柔和、纖麗、飄逸、精巧、華美。

柔和纖麗、春情盪漾的「挑逗」

像佈修這幅有趣的「挑逗」，一個俊秀的牧羊人，正拿著一根麥草去挑逗坐在一旁午睡的城市少女。綠蔭下的甜美鄉間安詳閒逸的氣氛，成堆的羊群及回頭看的狗兒，構成了一幅綠意盎然、春情盪漾的動人畫面。

佈修是典型洛可可代表畫家，他以擅畫貴族婦女生活及神話題材聞名。

挑逗　佈修作
1750年　油彩・畫布　81.9×75.2cm
紐約・大都會美術館藏

日沒　佈修作
1753年　油彩・畫布　324×264cm
倫敦・瓦蘭斯藏品

睡著的維納斯　佈修作
1754年　油彩・畫布

他不只畫宮廷閨房中貴婦名媛，也常將她們置身於怡情悅目的大自然景致中，像「挑逗」、「日沒」與「睡著的維納斯」等畫，都是如此。這些畫中的俊男美女個個豐胸玉肌、華服捲髮，畫面柔和纖麗、生動有趣。

佛勒龔納　愛情世界

佛勒龔納 (Jean-Honroe Fragonard 1732-1806) 跟華鐸、佈修都是走同一路子，而被稱為洛可可派的三位精緻畫家。

佛勒龔納也愛描寫18世紀初法國上流社會華貴奢逸的生活，像「鞦韆」一作，他筆下的愛情是那麼地甜美毫無雜念，情純意深。他們在古木參天，花開蝶飛，滿佈雕刻銅像的後花園裡盪著鞦韆，樣子是如此安逸，愛情又是眞摯與純美，令欣賞的人低徊玩味。

佛勒龔納的筆觸細緻，人物姿態美妙。他也畫神話題材，如「繆斯與邱比特」、「泉水神與邱比特」、「賽姬與眾姊妹」等作，畫中人物像雕刻版畫趣味。神話場景壯闊深遠，富故

繆斯與邱比特　佛勒龔納作
油彩・畫布　63×53cm
美國・私人收藏

鞦韆　佛勒龔納作
1767年　油彩・畫布　81×64cm
倫敦・瓦蘭斯藏品

泉水神與邱比特　佛勒龔納作
1785年　油彩・畫布　64×56cm
倫敦・瓦蘭斯藏品

賽姬與衆姊妹　佛勒龔納作
1754年　油彩・畫布　168×194cm
倫敦・國家畫廊藏

事性與生動感。

有人指出，在洛可可畫家中，佈修筆下的美女有點色情，而佛勒龔納不把女性置於臥室裡，她們在閨閣亭榭大自然裡談情說愛、談笑嬉戲，形成一片繽紛愛情世界。

華鐸　戀愛年代

華鐸(Jean Antoine Watteau 1684-1721)是洛可可代表人物。他畫的女性，和同畫派佈修不同，他也是讚美享樂，但能把肉慾淨化，把美女畫得妖嬌而動人，她們在美好世界輕歌快樂，因此他有很多以戀愛爲主題的作品，雙雙對對的，在樹下，在花園，在盪鞦韆，在舞會裡……全是可愛而情切意濃得令人羨慕。

愛畫貴族閒逸生活

華鐸描繪了許多表現貴族的閒逸生活，他們不是雙雙對對在風景美麗的地方，就是安逸閒適的在散步，或者在樹蔭下坐著一對戀人，男的溫文有禮，爲女伴獻花奏樂，要不然就是穿華麗衣服，手拿紙扇的千金。

他以寫實的筆法，畫出上流社會婦女生活，她們身穿絲絹與天鵝絨的外衣，以優美姿勢，對語般安排，好像獨幕戲般展現在您的眼前。

此外，像描繪「田園戀人」般牧羊人間的愛戀共舞，也極溫馨有趣。

表現端莊賢淑又有魅力

華鐸愛以歡悅筆調，文雅姿態，優美畫風，活潑構圖，生動人物，以柔和色彩處理。然而他在描繪人體上有獨到功夫，如「淨身」、「晨妝的維納斯」等作中，他對女性光滑細緻柔軟的肉體描繪細膩，她們舉止優雅、端莊賢淑的表現，很富魅力。

田園戀人　華鐸作
1716～17年　油彩・畫布　56×81cm

他對色彩有敏銳的感受力，這使他成為18世紀最優秀的色彩畫家。在肖像畫方面，特別是女性肖像，達到華麗與柔和極致。

淨身　華鐸作
1715年　油彩・畫板　34.6×26.5cm
巴黎・私人收藏

晨妝的維納斯　華鐸作
1717年　油彩・畫布　46×39cm
倫敦・瓦蘭斯藏品

佈修　女性丰采

洛可可最重要畫家，也是當時最受彭巴杜夫人所寵愛畫家佈修(Francoise Boucher 1703-70)。他描繪柔媚的裸體女人和神話中眾女神的丰彩，可能沒有一位畫家可以跟他比擬。他本是一個精巧的裝飾畫家。他不愛跟同伴以起伏蜿蜒的線條描畫，也不向大地靈秀探討，卻用淺藍和粉紅色，畫那身材飽滿，體態豐盈，純情得令人心動的裸女。

感官四溢、脂粉飄香女性

他的裸體女人雖然很迷人，體態是那麼眞實，然而在色彩上卻給人不健康的快感，也是外表美好，但隱約間有著病態美。

這一點可能跟他的出身有關，依常人想他或許是貴族出身，實際上他是生於比利時國境附近的鄉村，家境貧窮，當他到巴黎受雇於彭巴杜這位改變歷史的名女人後，生活所接觸全是感官四溢、脂粉飄香的女娃，他畫她們在臥室裡淫亂，畫宴遊；然而他偶爾也想念故鄉的村姑。因此有人稱佈修是當時頗負盛譽的淫逸宮廷產物。

以希臘女神題材畫人間相

佈修以希臘女神爲題材，畫了一套神話題材的故事畫，很受喜愛神話藝術的人喜愛。他的此套主題，一掃以往的淫蕩艷美，完全置之於輕妙、純潔、優美的想像裡。

那也是他因厭惡長期受理智的羈絆，而另尋精神寄託的表現。好像他的「化妝的維納斯」、「維納斯的勝利」、「替母親作件事」、「歐羅巴被搶」、「浴後黛安娜」、「黛安娜狩獵歸來」等名畫，就讓人嗅覺到另一番的女性優美滋味。

「彭巴杜夫人」高貴優雅

彭巴杜夫人這位改變歷史路線的女人，是路易十五時代的絕色佳人，由於她虛榮愛好享受，不但使法國捲入七年戰爭的災禍中，也因她的過於操權，使全國國民對政府失去信心，促成了1789年的大革命。

彭巴杜夫人被路易十五看上，眞正享有集三千寵愛在一身的生活，她容姿典麗，面貌姣好，衣著豪華，皮膚細白柔嫩，她雖然在性方面不能使路易十五滿足，但每當路易十五倦於某種遊戲或談話時，她都能用她的機智來使他展顏歡笑，手腕靈敏圓滑。

他養了好幾位宮廷畫家替她畫像，佈修即是最受她喜愛的畫家。佈修在這替她所畫肖像，置身於綠意盎然的雕刻花園中，她斜倚在「維納斯與邱比特」大理石雕像前，看起來嬌艷迷人，舉止優雅而有教養，衣著高貴華

彭巴杜夫人　佈修作
1759年　油彩・畫布　91×69cm
倫敦・瓦蘭斯藏品

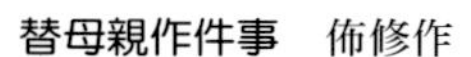
替母親作件事　佈修作

1751年　油彩・畫板　134×86.4cm

紐約・私人收藏

歐羅巴被搶　佈修作
1770年　油彩・畫布　251×274cm

麗，臉露微笑，轉瞬間有著動人女性魅力，是彭巴杜夫人最喜愛畫像。

「替母親作件事」中可看出佈修對幾近全裸維納斯的讚頌，她的身上散發著成熟丰韻，舉止高貴優雅。

「歐羅巴被搶」優美動人

而「歐羅巴被搶」與「替母親作件事」都是佈修所畫動人神話故事，他常以美麗壯觀山水為背景，人物體態白皙豐美，構圖生動活潑。

希臘瓶畫　神話美女

希臘瓶畫及壁畫上的題材常是一片神話世界，希臘神話有很多女神的故事，這些女神體態健美，胴體豐滿，因此欣賞希臘瓶畫常有美女世界。

希臘瓶畫的美，美在造形，有面的也有線，簡單生動，色彩柔和，單純而雅緻，極其高雅。像「正在脫衣少女」是西元前 5 世紀初期作品，一位名叫朵利斯所畫的名作，現藏紐約大都會美術館。

畫面上兩位年輕女孩正在把衣服脫下摺好，準備沐浴前一剎那的美妙動作。裸體年輕少女，身材碩長，比例勻稱，線條優雅流利而富彈性，那女性優美體態的晶瑩感覺，一覽無遺。

這幅瓶畫構圖簡單而有變化，一位彎腰輕輕的放下衣服，另一位佇立轉身回頭，好像在說什麼話，姿態處理得不壞，是瓶畫中最美的一幅。

「雅典娜」是最健美女戰神

另一幅「雅典娜」是西元前 6 世紀後半葉作品，現藏巴黎的羅浮宮美術館。雅典娜是希臘女神中最健美、最英勇的，這兒的她只穿輕紗般衣服，薄衣貼在高挺胸前，正是顯現女性特別的誘惑力，這件作品線條有如中國毛筆畫趣味，俐落而韻味十足，雅典娜的神情很典雅。

希臘瓶畫上的題材以故事性較多，人物多態度悠閒，神采奕奕，但它們並不是眞正的肖像，而只是理想人物的創造表現。瓶畫上人物有的愛以孤立的輪廓單獨表現，很少有背景或透視學的觀念。有的瓶畫則帶有裝飾色彩和以女性爲主的綺麗趣味。

優美線條在赤繪與黑繪間

希臘瓶畫通常有赤繪式與黑繪式，赤繪式是在黑底上現出紅色形象，如「倍兒西鳳的死與悲」等作，黑繪式則是白底上用黑色的顏料描繪。赤繪式瓶畫出現在雅典，黑繪式在科林斯發現。這兩種瓶畫精華已脫去古瓶畫上的粗硬與呆板，完全是一種藝術家高度發揮的精品。

雅典娜
西元前6世紀後半　希臘瓶畫
巴黎・羅浮宮美術館藏

正在脫衣少女　朵利斯作
西元前5世紀初　希臘瓶畫
紐約・大都會美術館藏

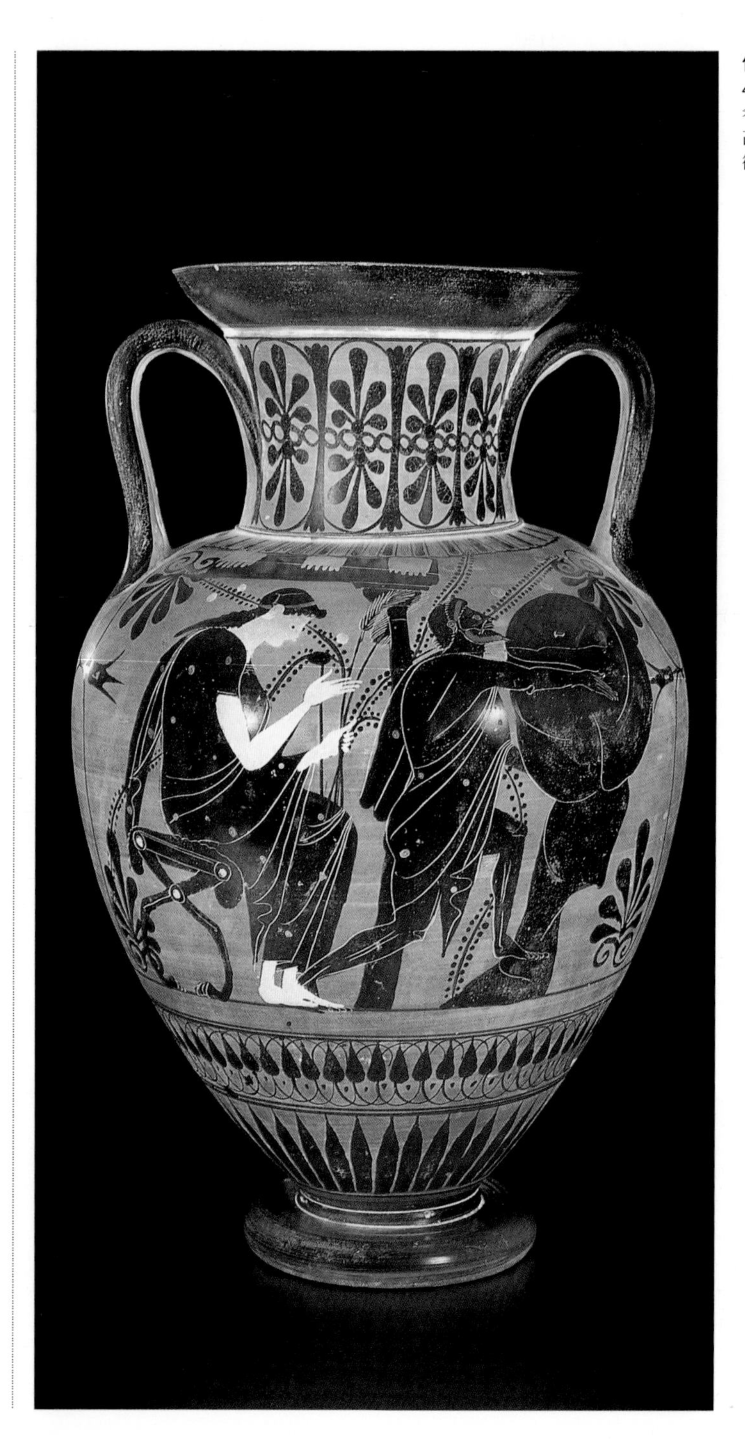

倍兒西鳳的死與悲
480～470B.C.
希臘瓶畫
高29.6cm
徑26.2cm

三美神
1世紀後半　壁畫　57×53cm
羅馬時代遺跡

純樸簡單的「三美神」壁畫

同樣地，從新近出土的希臘羅馬時期壁畫遺跡看來，以希臘神話題材爲主的女神畫像，也注重線條的優美。例如創作於一世紀後半的壁畫「三美神」，就是以三女神裸露豐美的軀體線條之美，純樸簡單。但三美神交織出的美妙動線與婀娜體態，卻顯得優雅而高貴。「三美神」也叫「三合一神」，是象徵「歡喜、光輝、豐熟」三姊妹。

波提且利　幻想之美

波提且利 (Sandro Botticelli 1445-1510) 是文藝復興時期義大利畫家，和米開朗基羅是文藝復興前後期重要畫家；米開朗基羅以畫男性美著名，波提且利則以畫最美最柔的女性著稱。

女性抒情如優雅詩歌

波提且利筆下的女性美，細膩、柔和、抒情，像以樸素散文所寫成的優雅詩歌。他筆下的女性，都是他幻想出來的美人，「美人」這兩個字用在波提且利筆下的人物上，實在是最適合的，她們全帶點仙氣，帶點詩意，卻又內蘊著人的靈魂。

她們都很嚴肅，不像達文西筆下的蒙娜麗莎，毫無理由的一天到晚在那裡微笑。他筆下的美女是不愛笑的，彷彿世界上實在沒有什麼好笑一般，但她們全都很美，美麗得個個如謎，不憂愁、寧謐、柔和。

美神與花神迷人丰采

在他的「維納斯的誕生」與「春」中，那健美而輕盈的女神，幾乎是美神的典型作品。尤其他把「維納斯的誕生」這幅畫中維納斯那金黃色的頭髮，在微風中吹得輕輕飄舞，姿態嬌美，迷人透頂。

波提且利一直是文藝復興時主要健將，他的人像畫如他的「花神」，在那花草圍繞下的花神芙羅拉，那細細長髮呈展下的美麗臉型，明顯輪廓，及長長的頸部，端莊嘴角與眼神，一切是軟軟的、柔柔的。

叫人特別喜歡的是那一頭多采多姿的頭髮，他幾乎把每一根頭髮都畫出來了，那些頭髮也彎彎的，形成一種旋律般美的韻趣。花神臉上和背景的美麗花草，交織成花神的繁華錦繡。

波提且利筆下的女人題材，都掛滿樹葉、花草，像從大自然來的人，與大自然爲伍爲友。

感官美與青春幻想

他的畫流露著感官美。他對青春的幻想，以飄動的金髮，修長的身體與嚴肅文雅的臉來表現，看來平衡、均勻，如中古世紀的典雅華麗。

他的女性，色彩柔淡、夢幻神祕。他的繪畫特點已接觸到眞人和以自然爲背景的處理。甚至注滿對人生的理想，以及個人對自我世界的崇尙。

波提且利是佛羅倫斯的才子，他把義大利藝術帶入燦爛的年代，也給女性美注入思惟。

「美麗的金髮女神」靈感啓發

有人認爲，波提且利畫「維納斯的誕生」，主要是受荷馬的讚美詩「美麗的金髮女神」靈感啓發：

維納斯的誕生（局部）　波提且利作

「西風起，她誕生
在浪濤怒起的大海上，
從一堆美妙的泡沫出來，
紅花飄舞，水波飄動，
飄到海浪環繞的辛泰拉；她的島。
戴了金色花圈的女神，
快樂地迎接她。
她們用神衣穿上了她動人身材，

維納斯的誕生　波提且利作
1484～86年　蛋彩・畫布　174×279cm
佛羅倫斯・烏菲茲美術館藏

維納斯的誕生（局部）　波提且利作

帶她到眾神那裡。」

波提且利以其豐富幻想力，化詩文爲美麗動人畫面，更添藝術理想化的迷人風采。也有人說波提且利此作是依據波利齊安諾長詩「吉奧斯特納」所作。

根據希臘神話傳說，維納斯是神血與浪花、陽光相結合的產物，她的希臘名「阿弗羅達底」原意即是「浪花托出者」，她一出生就是一個已成年而且風姿綽約的絕色女子，天生即完美無缺。

波提且利畫出了維納斯的脫俗美，她的眼睛像大海一樣碧藍，臉蛋像太陽一樣鮮豔，皮膚像浪花一樣潔白，亭亭玉立於海上。她的雙眼凝視著遠方，似正憧憬著未來。

這位宛如出水芙蓉的美麗金髮女神腳踏蓮花似的大貝殼，在風神與歡樂女神吹送下緩緩漂向岸邊，春神則張開紅色繡花盛裝迎接她的到來。整個畫面生動有趣，充滿律動感與新生喜慶氣氛。純潔而羞澀的面容上，似略顯困惑與迷惘。

提香　女性美抒情者

提香 (Titian 1489-1576) 原名提濟亞諾 (Tiziano Vecellio)。他是威尼斯最有名、最幸福、最高壽、最幸運及最愛畫女性美的畫家。

美酒、美食、美人

他又懂得享受，除了美酒與美食之外，又喜歡漂亮的女人。住在宮殿式的別墅裡，有體態美妙的模特兒供他作畫，他生活奢侈，過著一般畫家所不可能有的豪華藝術生活。

提香懂得享受，也懂得藝術。他的作品富麗又深厚，他所畫的女性美作品，帶有一種迷人的濃厚抒情香氣。他是人體畫中少有的高手，因此有人稱他爲「女性美的抒情者」。

他的作品不僅爲時人所重視，也爲批評家所推崇。他有幾幅女性美代表名畫「花神芙羅拉」和「人間與天上的愛」，豈不是女性美題材名畫中的上上品嗎？

提香畫中的女性，有著衣的，也有裸體的，著衣的，有很多是以他女兒拉維尼亞爲模特兒，而裸女畫則是以他的情人爲靈感。

他一生付出在愛情上的深厚，可能任何畫家難與其項背。因他是威尼斯人，具有愛好華美的性格，何況私底下生活裡全是一片優美境地，故展現在他作品中的美女也是高貴華美。

那些畫中女人，不是穿帶有黃金般繡線的錦緞，便是綴滿金邊花線的禮服。她們的頭髮鑲著寶石的金髮飾，將她們金褐色頭髮襯托得越發美麗，那雙可愛的耳朵上又戴著耳環閃閃發光，頸上的串串珍珠硬是迷人。

畫盡維納斯千嬌柔情

他的「維納斯」站立在海濱，身體顯得特別玲瓏凸出，愛神的動作特別美妙。

他的畫中美女，不只是注重那些華美的衣裳首飾，而是重那畫面中浮現的新鮮青春美，以及毫無虛飾的氣質與高貴感。臉蛋上的雪膚魅力，豐美雙頰，容光煥發，都非常的甘美。他們的手全是纖纖十指，發出一陣陣的天然芬芳。

那些可愛的人兒看起來非常快樂。她的兩頰上泛起一抹微笑來，不過細看好像隱約有一股天眞流露，像歡喜淘氣的閨女那副天眞爛漫的神態。

提香確實是創造出女性的另一番異常的美。他不但愛曲線的玲瓏浮凸，也愛將襯景取得協調。他的人物畫姿態都很美，有人說提香的畫跟他的師兄傑魯爵內作品類似，畫面中的線條和諧，色彩美麗，在美景中充滿詩樂般的情調。

由貝殼出生的維納斯　提香作
1525年　油彩・畫布　76×57cm
愛丁堡・蘇格蘭國家畫廊藏

懺悔的瑪格達琳　提香作
1533年　油彩・畫布　68×85cm
列寧格勒・艾米塔吉美術館藏

黃金雨　提香作
1554年　油彩・畫布　120×187cm
馬德里・普拉多美術館藏

黃金雨（局部）　提香作

充滿神秘戲劇性的「黃金雨」

「黃金雨」取材於希臘神話，提香將丹妮畫成了體態豐滿健美，雙頰羞紅的美女，她正望著天空突然灑落的黃金雨而有些不知所措。一旁的黑人老嫗則捧起衣裳伸手去迎接，整個畫面充滿神秘與戲劇性，張力十足。

強調率直喜悅官能享受與恍惚之美境界的提香，在此畫中藉由唯利是圖的醜陋貪婪老太婆，與純潔、健美、崇高的丹妮形成鮮明對比，讚頌提香所推崇眞善美的人文主義。

林布蘭特　莎士姬亞

林布蘭特與莎士姬亞畫像

林布蘭特 (Rembrandt 1606-69) 有好幾幅很出名的「莎士姬亞畫像」，林布蘭特用好幾個姿態與面目表現莎士姬亞這位妙齡女郎的丰采，從「靜坐的莎士姬亞」到「微笑的莎士姬亞」，從「戴頭紗的莎士姬亞」到「莎士姬亞肖像」，從「花神芙羅拉」到「莎士姬亞飾月神阿特米斯」……眞是什麼表情都有，什麼姿態都有。這個畫莎士姬亞像的林布蘭特，從第一張開始畫她時，已深深愛上她。

莎士姬亞與亨德里治

林布蘭特有兩位最鍾愛的模特兒，這兩位模特兒帶給林布蘭特的是：彩色繽紛的愛情故事。她倆是莎士姬亞和亨德里治，莎士姬亞最先是林布蘭特的模特兒，日久生情而成為他的第一任妻子。

亨德里治則是在莎士姬亞死後擔任模特兒，並照顧林布蘭特生活起居，自願成爲他的第二任妻子。她倆雖然是林布蘭特前後由模特兒成爲妻子的關係，但帶給他在藝術上的靈感，恐怕是別的模特兒跟畫家所永遠難予比擬的，如「蘇珊娜在後院沐浴」。

莎士姬亞是在1634年與林布蘭特結婚，她是荷蘭鬱金香之城阿姆斯特丹城富商女兒，初次認識時林布蘭特28歲，已經是頗有聲名的肖像畫家，屢次爲莎士姬亞畫像，兩人在畫室裡不自覺的相愛起來。莎士姬亞不顧家庭反對，毅然跟這位窮畫家走上結婚教堂。婚後恩愛非常，莎士姬亞認爲最滿足的是供丈夫作畫，林布蘭特最高興的是能畫年輕而動人的妻子。即使忙了一天，晚上睡覺前也要面對太太畫幾筆，才能舒適進入臥室。

這種愉快恩愛的日子持續了 8 年，不幸的是莎士姬亞在1642年因難產而去世，林布蘭特哀痛欲絕。

美麗的天使——早夭模特兒

可愛的模特兒，美麗的天使——莎士姬亞，她在林布蘭特畫布上不但留下永垂不朽名作，也令後世的人傳頌不已。他爲她所作的，有裸體的、半裸的，也有肖像畫等各種角度、各個表現法，這些作品色彩氣氛濃郁，歡樂甘美，也呈現他倆愛情的丰采。

莎士姬亞去世以後，留給林布蘭特的是孤寂悲傷。他的一切顯得零亂淒涼，這時一位柔順的婢女亨德里治走進他的家門，爲這位潦倒畫家收拾一切，從散亂的衣物到最後是他失落的心。她不但幫助他起居照顧，還兼作模特兒，如「出浴之女」等作，終於成爲他的情人。

花神芙羅拉　林布蘭特作
1634年　油彩・畫布　125×101cm
列寧格勒・艾米塔吉美術館藏

亨德里治婢女到情人

林布蘭特的這種舉動，曾引起朋友甚至主教反對，但又有誰了解林布蘭特破碎的心田，是何等苦待甘雨的灑淋呀！他替亨德里治畫了不少裸體畫像，那潤柔面孔，表情細緻異常，一切顯得格外嫵媚動人。

在亨德里治身後的背景，是一片華麗嬌貴，充滿情愛暖色調，也正是林布蘭特對遲來愛情有所感的溫馨。如果說他的第一任妻子對林布蘭特如同甜酒，那亨德里治則像烈酒，何止叫他微薰而已呢？

蘇珊娜在後院沐浴　林布蘭特作
1634年　油彩・畫布　47.5×39cm
海牙・莫瑞修斯美術館藏

出浴之女　林布蘭特作
1654年　油彩・畫布　142×142cm
巴黎・羅浮宮美術館藏

魯本斯　美的傳達者

1622年，巴黎杜絲麗街高紗紡織廠裡，有幾位年輕又漂亮的小姐，在紡織機旁織布。這時門口忽然來了一位身材魁梧，面貌英俊，髮色棕紅，頭戴翎冠的男子，他穿梭在這幾位健美身材小姐前面打量了好一會，他站定後對她們說：

「請你們把衣服都脫下來！」

熱情又率性畫家

聽了這句話，有的人以爲是無聊神經病男子，有的嚇得哇哇大叫，有的索性跑開。其中一位年紀較大的，卻勉強抑住了驚恐，對同伴說：「不必緊張，我看這位先生不是這種人。」

「對啦！我並不是那種人。」那英俊的男子答道：「我是畫畫的。如果妳們願意作我的模特兒，我付給你們的錢，比起紡紗來要多出好幾倍！」

這位畫家就是魯本斯 (Peter Paul Rubens 1577-1640)，是最善畫女性美的17世紀巴洛克初期畫家。

巴洛克時代最善畫女性畫家

魯本斯以女性爲題材的名畫很多，在世界名畫家中，恐怕除了雷諾亞、提香之外，他是最能傳達女性之美傑出畫家。如「維納斯攬鏡自照」，他的美女大都肌膚潤澤，臀部豐隆，姿態健美，樣子婀娜。它給人的感覺非常高雅脫俗，風姿綽約。

筆下裸女氣勢活躍

他的裸女，不是斜躺在草地上的，就是遊憩於森林裡，有的作出水芙蓉狀，有的像神話裡的女神遊神仙境。

他的裸女，構圖以滾動趣味出現，很少是筆直站立，這一點啓靈於米開朗基羅的壁畫優點。他本人曾受命於法國皇太后蒂色斯・瑪麗指派，繪製盧森堡宮21幅巨型壁畫，這點一直影響他畫風那股雄渾的逼人熱力。

魯本斯對於女性美的看法，愛注入天眞活潑、純潔自然，它雖然沒有提香強調官能之美，但氣勢相當強烈，絲毫沒有褻蕩放浪和低級的成分。

心碎之餘棄畫筆當外交官

魯本斯32歲時，和伊莎白娜結婚，伊莎白娜比魯本斯小14歲，這位身材姣好的妞兒，跟魯本斯結婚後，爲他的創作醞釀不少靈感。在愉快靜謐的過了17年後，伊莎白娜忽然去世。

魯本斯心碎之餘，決定接受外交大使職務，藉以排遣愁懷。對於外交工作，很多人都作不好，可是魯本斯卻能勝任，因爲他具有颯爽的英姿，風度高雅，辭令動人，當時人們都稱他爲「一流畫家首席外交官」。

魯本斯鰥居了 4 年，直到他發現自

維納斯攬鏡自照　魯本斯作
1616年　油彩・畫板　124×98cm
美國・紐約・大都會美術館藏

三美神　魯本斯作
1638～40年　油彩・畫板　221×181cm
西班牙・馬德里・普拉多美術館藏

毛皮大衣　魯本斯作
1638年　油彩・畫板
176×83cm
奧地利・藝術史博物館藏

己深深愛上芳齡28歲的海倫娜後，才開始作續弦打算。魯本斯最喜歡畫海倫娜的肖像，當時並以她作模特兒，注入希臘神話姿態藍本。

豐盈的「三美神」

像他所畫體態豐盈的「三美神」與「毛皮大衣」等作，即應是爲第二任妻子海倫娜所作。尤其是「毛皮大衣」中那以毛皮大衣都遮掩不住的豐滿健美身軀，正是魯本斯所要傳達的成熟風韻女子，海倫娜那擋不住的迷人風情，益顯兩人間的親密恩愛。

而以海倫娜爲模特兒的「三美神」更盛讚成熟豐盈的裸體之美，身材豐碩、相擁而舞的三美神是希臘神話中象徵「歡喜、光輝與豐熟」三姊妹。魯本斯的「三美神」傳神顯現。

摩洛　莎樂美

摩洛 (Gustave Moreau 1826-98) 是19世紀象徵主義代表畫家，法國的繪畫在古典主義與浪漫主義兩支大波瀾間的一條小支流，這支小支流有的人稱爲「象徵主義」。

「莎樂美」神秘造形與色彩

摩洛有一套以「莎樂美」爲題材的作品，他描繪馬太福音十四章與馬可福音六章「莎樂美」的故事，莎樂美在希律王御前舞蹈的幾個不同姿態，有水彩、油畫，背景全是結構複雜，類似埃及宮廷建築結構。

色彩是金黃、深咖啡、碧玉等神祕宗教氣氛。人物造形略似埃及壁畫，但比較模糊不清，他強調整幅畫面神秘的氣氛與空間的美。

有人分析摩洛此一特殊風格，是他在1885年旅行荷蘭時，受了林布蘭特的影響。畫面神祕，色彩也屬於幻想的象徵表現。

摩洛的畫，在本質上比較接近東方藝術，他沈潛於理想的世界，作著不可思議的空想，有的像夏夜般不可思議的追尋。象徵那些英雄、妖婦，詩和死的奇怪幻想世界。

他曾說：「我不相信眼睛所能看到的，手可以摸到的，但我相信心裡感覺到的。」他利用一切造形化的手段以象徵那自我幻想世界。

文學、神話、聖經人物復活

摩洛使文學、神話、聖經人物復活了，如「獨角獸」、「在希律王面前跳舞的莎樂美」和「出現」等作。他滲入了豐富的幻想意境，以象徵主義手法，表現神秘與幻想世界。他的此一手法對超現實繪畫影響很深。

獨角獸　摩洛作
1885年　油彩・畫布　78×40cm

獨角獸　摩洛作
1885年　油彩・畫布　115×90cm
巴黎・摩洛美術館藏

在希律王面前跳舞的莎樂美　摩洛作
1876年　油彩・畫布　142×103cm
巴黎・摩洛美術館藏

出現（局部）　摩洛作
1876年　水彩　105×72cm
巴黎・羅浮宮美術館藏

莫迪里安尼　飄泊鄉愁

在現代世界上許多有名的畫家中，畫女性裸體畫得最出色的，要算是短命的天才畫家莫迪里安尼 (Amedeo Modigliani 1884-1920)了。

畫多愁善感落寞美人

莫迪里安尼是一個有猶太血統的義大利人，1884年7月12日生於義大利，他常用弧形的細線描繪女子的裸體，構成獨特的畫面，將肌膚的色彩畫得非常油潤，看來紅冬冬的，充滿了豐富的熱情，高雅而不華貴，單純而有活力，帶有一種多愁善感味道。

他從不注意是否和眞的對象畫得一樣，只知道他喜歡怎樣畫就怎樣畫，所以他畫的人，常將頸子拉得很長，看起來很特別。

他畫中女子經常是光著身子，安靜地躺在那裡，構圖上省略了雙手，只見那扭動彎曲的胴體和臀部，與畫面融爲一體，優美生動，飽滿充實，就像有一種豐麗的魔力或彈性似的，同時眼眶內漾著碧綠的水，彷彿若有所思，這就是他那帶有飄泊「鄉愁」的特質！

有東方鐵畫銀鉤線條趣味

他的裸體畫喜歡用線，這可能受到東方的影響，雖不是鐵畫銀鉤，卻自有其獨特的風味與含蓄在裸體邊緣的精神深度，這功夫是不容易的。

從形式上看莫迪里安尼的裸體畫，多少是從雕塑裡吸取靈感。因爲他是義大利人，當他22歲到巴黎時，正是立體主義大師們最忙碌的時候，一切繪畫都滲進了現代的思想和知識，可是他的腦海裡卻充滿義大利的藝術遺產，米開朗基羅的印象，一點兒也捨不得拋棄。他在人體畫結構上，線條和髮膚色澤特別誘人，它使人有深遠的冥想，產生另一番的精神深度。

巴黎與義大利雙重技巧

他從巴黎學習到新的藝術，從義大利民族遺產中，融入自己的思想和新產品，既代表了現代的技巧，也保存義大利的純美畫風。

莫迪里安尼對自己的國家是充滿熱愛的，同時他對自己國家的傳統一直感到驕傲，他到巴黎去，不是像畢卡索的捨棄西班牙而去就巴黎，他是希望使巴黎人認識義大利的存在。

但失望之餘，只有寄情於飲酒，希望藉著酒的力量刺激自己，瘋狂的工作去達成自己的願望。他多方面的創作、摸索，有一段時期甚至放棄繪畫而從事塑像。

就在這時期，他獲得了幾年來一直摸索著的東西。當他再次拿起畫筆的時候，他成功了。他創造了一個新的

坐著的裸婦　莫迪里安尼作
1916年　油彩・畫布　60×92cm
倫敦・科特爾美術研究所藏

閉目小睡的裸女　莫迪里安尼作
1917年　油彩・畫布　73×116.7cm
紐約・古金漢美術館藏

面目，這面目不模仿任何人，只是接受了祖國高貴本質的遺產，再融匯自己思想的新產品。

在單純裡有原始雕塑情

他的裸女畫可以說是莫迪里安尼的典型作品，從這些畫裡我們可以看出莫迪里安尼的繪畫受到非洲雕塑的影響，尤其是原始雕塑的造形很重要，他的繪畫可算是結合了雕塑和繪畫兩種趣味。

背臥的裸婦　莫迪里安尼作
1917年　油彩・畫布　64.4×99.3cm
美國・賓州・班士基金會藏

裸女畫承先啓後・開創新局

莫迪里安尼的繪畫非常單純可愛，那種獨特的蛋形顏面，細長的頸項，纖細的線條，人物雖然經過刻意的變形，但仍可感覺到那純樸高貴，這正是義大利繪畫的最優良處。

尤其是義大利文藝復興時期大師裸女畫名作，如傑魯爵內的「睡眠的維納斯」與「田園合奏」、提香的「晨起的維納斯」、波提且利「維納斯的誕生」等畫，都對他的裸女姿態、輪廓、造形及線條有所啓發與傳承。

其實從印象派畫家馬奈畫作中即可看出他對傑魯爵內等義大利畫家的喜愛，如「奧林比亞」、「草地上的午餐」等作，便是他對古畫的仿作，但他重新處理與變化。

莫迪里安尼的「橫臥的裸婦」則將周遭背景人物刪除，簡化背景。僅從名作中取其神韻，突出人物，將裸婦簡化爲柔軟流暢的S形線條與暖呼呼色調，看來春意盪漾，承先啓後，開創新局。

裸女坐像　莫迪里安尼作
1917年　油彩・畫布　67.5×92cm
法蘭克福・現代美術館藏

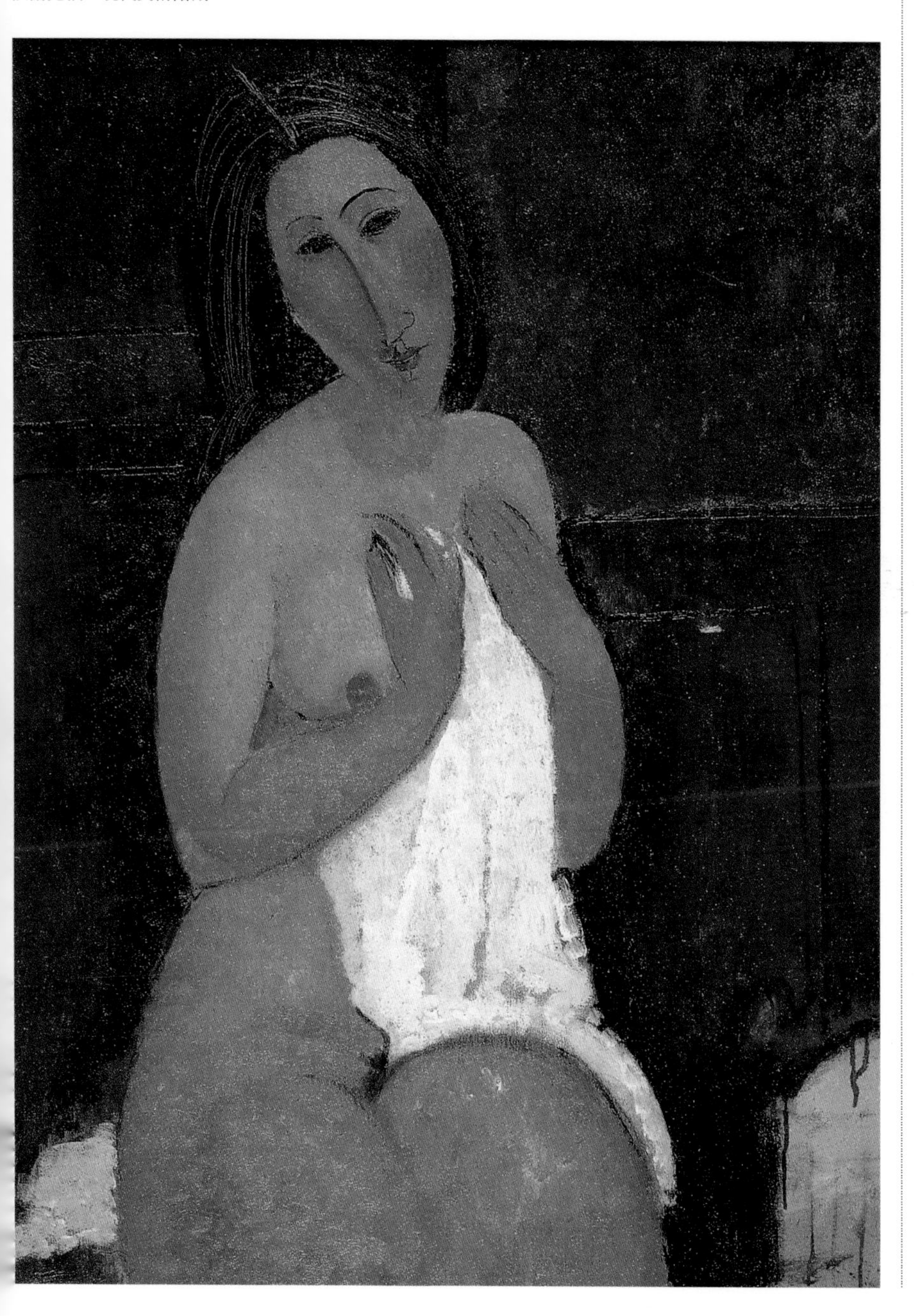

睡眠的維納斯　傑魯爵內作
1510～11年　油彩・畫布　82×73cm
義大利・威尼斯藝術學院藏

晨起的維納斯　提香作
1538年　油彩・畫布　119×165cm
佛羅倫斯・烏菲茲美術館藏

奧林比亞　馬奈作
1863年　油彩・畫布　130×190cm
巴黎・奧塞美術館藏

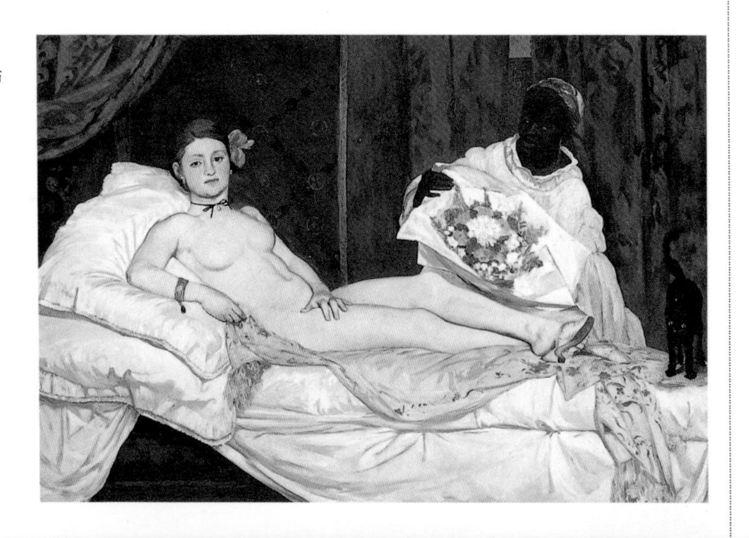

橫臥的裸婦
莫迪里安尼作
1917年　油彩・畫布
65×100cm
日本・
北海道大學美術館藏

波那爾　浴女

波那爾 (Pierre Bonnard 1867-1947) 在1933-38年的 5 年裡，他以「裸婦」爲重點，畫了很多在浴室旁，或沐浴後的裸婦。

畫愛沐浴的「逆光裸婦」瑪爾特

很多人都知道，波那爾的「浴室裸婦」，是以自己妻子瑪爾特作模特兒的。瑪爾特生性愛好清潔，一天之中洗澡數次，所以波那爾的許多作品是裸婦的出浴圖，如「逆光裸婦」等，她們不是洗好澡在擦身，就是坐在床上休息。

他所畫的裸婦像，完全是在致力於表現女性美，他從各種角度，各種過程，發掘女性的那股嫵媚的美。

生活28年才知道她叫瑪爾特

波那爾不知畫過多少在沐浴中的女郎，這位模特兒跟他生活28年後，他才知道她叫瑪爾特，32年後才結婚。婚後7年她先走一步。

兩個人從朋友、情人、模特兒到夫妻，共同生活39年。波那爾打從認識她就很自然地想和她在一起。波那爾過的完全是波希米亞生活方式，並不想在固定地方安居，隨興到了那裡就在那兒過活。瑪爾特是位意見不多，要求也少的女人，人家疼她，她就滿足，跟著波那爾像朋友，像情人，也像夫妻，當然也做他的模特兒。

潔癖的瑪爾特愛洗澡

瑪爾特有潔癖，每天都要洗好幾次澡，睡前洗澡，醒來要洗。出門前、回來後都要洗，工作前、工作後也要洗。因爲她每天花在洗澡上的時間太多，波那爾乾脆畫起她在洗澡時的畫來，從解衣、沐浴、躺著、站著、洗後擦身擦腳、化妝等，幾乎瑪爾特在浴室裡的任何動作，波那爾都畫過。

瑪爾特是個謎樣的女人，她始終都能吸引著他。他也糊塗得可以，三十幾年竟連「枕邊人」眞名也不知道，而且死心塌地愛著她。她從來沒有告訴他，他也從來沒問過。法國人最不愛洗澡，只有瑪爾特一天不知要洗多少回。這倆個人只知道在一起很好，共同生活近40年，她病了先走了，他才知道孤獨爲何物。

現代寧芙化身

寧芙(Nymphs)女神是希臘神話中山林水澤女神，她的特點是頭腦簡單，身材健美，能歌善舞，心地善良。

集波那爾的女朋友、情人、模特兒及妻子於一身的瑪爾特，是波那爾心目中的寧芙化身。

從1893年本名叫瑪利亞・波爾馨的她，遇到他之後，名字改成瑪爾特，

逆光裸婦　波那爾作
1908　油彩・畫布　124×109cm
布魯塞爾・比利時皇家美術館藏

用手袋摩擦皮膚　波那爾作
1942年　油彩・畫布

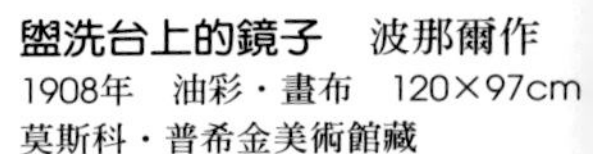

盥洗台上的鏡子　波那爾作
1908年　油彩・畫布　120×97cm
莫斯科・普希金美術館藏

倆人進而同居。1925年正式結婚，要辦登記才知道她的眞名，1942年她先走一步，在半個世紀的共同生活中，倆個人都覺得在一起很愉快。

對他倆來說，對方名字不重要，可以快樂在一起生活就好。

寧芙女神出沒於森林山野，水澤湖邊，最喜歡跟狩獵女神黛安娜同遊出獵，獵後愛在山泉林野沐浴，半獸神潘恩常躲在草叢中偷窺，她們都有健美身材，皮膚白皙，姿態優美。

波那爾心中女神——瑪爾特

波那爾心目中的寧芙女神——瑪爾特，當然不外出打獵，也不在山泉水澤沐浴，她在自己家中，每天沖沖洗洗。這種稀有的潔癖，波那爾不但可以忍受，他還喜歡她蹲著身子，身體微微往下看的優美曲線，如「泡浴池旁裸婦」、「右腳抬起裸婦」等作。他更喜歡她沐浴後擦身，那種隨興歡愉的表情，如「用手袋摩擦皮膚」、「裸女立像」、「窗邊裸婦」等作。

寧芙女神在希臘神話裡，不司任何職務，她祇是泉之精靈，祇知隨興自己過日子，她身材健美、皮膚細膩，人見人愛，寧芙如此，瑪爾特何嘗不也是如此。

欠身盥洗裸婦　波那爾作
1907年　油彩・畫布　72×85cm
日本・新瀉市美術館藏

泡浴池旁裸婦　波那爾作
1914年　油彩・畫布　58×41cm
巴黎・波那爾家族藏

欠身裸女乳房最美

女人什麼姿勢最美？

如果問波那爾與戴伽斯，他倆一定會說：「欠身姿勢」女人最美。

波那爾與戴伽斯都很愛畫「沐浴女郎」，倆人都喜歡畫沐浴前後，浴女跨足浴缸或準備沐浴，或欠身盥洗姿勢。他倆是喜愛描繪此一刻的老手，無論用炭筆、粉蠟筆、油畫，都對光影的處理效果巧妙圓融，尤其女性動態優美姿勢，也是他們把握重點。

畫家充滿快感的筆觸，捕捉落在女模特兒肩頭、胸口和腿上的光影。波那爾和戴伽斯都認為，裸婦欠身彎下身子，雙乳往下垂，看起來最美、最動人。也唯其如此，他倆就畫了很多這種姿勢的裸婦。

右腳抬起的裸婦　波那爾作
1924年　油彩・畫布　74×78cm
私人收藏

窗邊裸婦　波那爾作
1912年　油彩・畫布

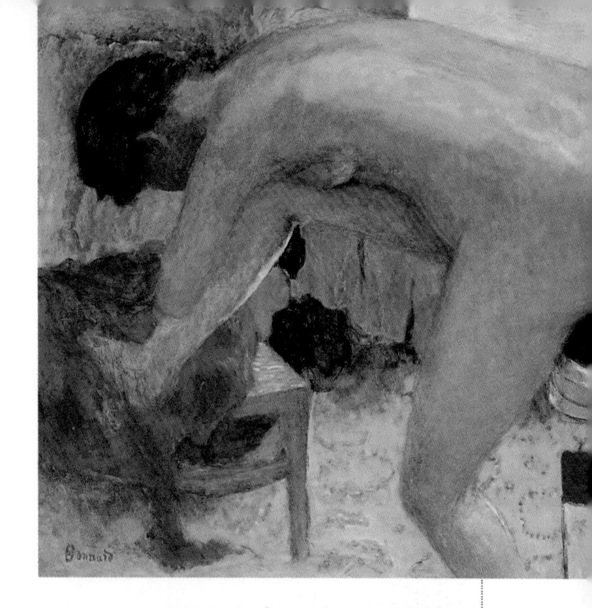

「欠身盥洗裸婦」曲線之美

「欠身盥洗裸婦」爲波那爾所畫，浴後欠身擦去身上的水，她欠身的動作使身體構成曲線，在在都是他尋找瑪爾特最美的角度與動作。

「逆光裸婦」美在那裡

在「逆光裸婦」中，光線從正面紗窗投射在裸女身上，沐浴裸女如古希臘雕刻般站姿，色彩繽紛的浴室，是波那爾40歲時傑作。

這幅畫也叫「科隆之水」(Eau de Cologneol)，或是「有玫瑰色長椅化妝

室」，畫瑪爾特午睡後起來沐浴情景(瑪爾特睡醒必沐浴，包括早上、下午)。從窗帘透進來的光線，落在長椅套或壁紙上，把室內染成乳白色，顯得極爲柔和美麗。

逆光迎面而來，穿過紗帘，她的身子微微往後彎，胴體像剪影般曲線畢露。從乳房到腹部所看不到的部分，清爽地映在左上方鏡子中。

「鏡子」是最好用的道具

鏡子是波那爾酷愛又善於運用的道具，畫中夾著中間亮窗，如「逆光裸婦」的實體和鏡中的虛像是種呼應，也是一種說明。

她腳下浴盆中水的光在晃動，它和壁紙跟窗戶的光，形成另一種呼應；「圓形」的浴盆，在眾多直線的畫面上取得調和，也因此有軟化作用。

有批評家說他把瑪爾特的乳房畫得太大，但如果你細看，乳房在左手相托下，身子又往後彎，前胸自然往前挺，不也正可以把乳房挺得更大嗎？

此外，「盥洗台上的鏡子」則完全不見裸婦本人，僅在盥洗台上的鏡子中看到她的全裸背部與臀部，呈現另一種風情。

從小門偷窺嗎？

法國象徵派詩人馬拉梅，看過波那爾畫的瑪爾特沐浴裸女後，叫波那爾爲「現代潘恩」。半獸神潘恩的上半身是人，下半身是山羊，有人與獸的交織本性。牧羊神潘恩代表人類的肉慾，它只不過是一種幻想、幻相，或許也是每個男人的夢境吧！

肉慾隨時會昇華爲美境，轉變爲藝術。牧羊神是冥想中藝術家象徵化的夢想形象。換句話說，波那爾把自己和牧羊神合而爲一，也像是躲在樹叢中窺伺著化身爲美女的寧芙。

「跪在澡盆中裸女」與「午睡」

他的名作「對鏡打扮」，或是「跪在澡盆中裸女」與「午睡」，都散發出一股濃郁的情慾傾向，而且似乎是從一個不爲人知的小洞向內窺伺。

瑪爾特個性憂鬱，帶有神經質，有經常洗澡的潔癖，過分得幾近病態。但卻是波那爾作畫泉源，當她進浴室或化妝室開始解衣沐浴的那一剎那，映入眼簾的，則有如見到春花初開印象，例如「跪在澡盆中裸女」、「午睡」、「泡浴池旁裸婦」等。這「在旁窺伺」不正是牧羊神的眼睛嗎？

波那爾與她共處30年才知道她的真名，她是他的藝術創作源泉，也是小甜心。他是色彩魔術師，也是現代雅痞族最愛「那比派」代表畫家。

跪在澡盆中裸女　波那爾作
1918年　油彩・畫布　83×73cm
巴黎・私人收藏

裸女立像　波那爾作
1928年　油彩・畫布　111×58cm
私人收藏

真正生活浴後化妝

好像每位大師的背後，都有一位女性，例如印象派的莫內之「卡繆」，維也納世紀末象徵派、分離派大師克林姆的「艾米麗・佛萊葛」，而那比派有波那爾心目中的寧芙女神化身——瑪爾特。

或許她眞的是寧芙化身，寧芙在希臘神話裡，是山林水澤的女妖，能歌善舞，在波那爾的畫中，她永遠青春美麗。

法國象徵主義詩人馬拉梅，在「牧羊神午後」一詩中寫道：「希望那些寧芙們永遠是我的」。

寧芙女神們各個身材健美，每次到黃昏時聽到牧羊神吹的蘆笛美妙音樂時，大家從各水澤山林裡出來，在牧羊神前面狂歌熱舞，直到夜深倦睏。

通常寧芙女神們愛在山澗水澤間沐浴，牧羊神聽到女神們玩水嬉戲聲，都會躲在樹叢裡偷看那些女神們。牧羊神上半身像人，下半身像羊，長得又醜又粗魯，牠知道如果現身，會把這些寧芙女神們嚇跑，因此牠祇能躲在樹叢裡，從空縫間偷偷欣賞。

波那爾畫瑪爾特的每幅作品，也像是從門縫裡偷瞄在浴室裡沐浴裸女的感覺，或是沐浴後擦身，保養肌膚的動作。

波那爾的裸女，不像馬蒂斯、畢卡索，裸女是擺出姿勢，在畫室裡供畫家畫的。波那爾則是在自己家裡，眞實生活裡確實眼見的，不是爲了給畫家畫，而是自己在過活的片段而已，眞實化！生活化！

戴伽斯粉彩畫「浴後擦身」，也是眞正生活裡的片段。

午睡　波那爾作
1900年　油彩・畫布　100.3×130.1cm
澳洲・墨爾本・維多利亞國家畫廊藏

筆觸細緻色彩繽紛

波那爾的作品，色彩明朗，愛用許多細緻的筆觸，豐富色彩，像繽紛的彩色投射在裸女的身上。

他不用明確的線條，只用色彩表現生命。這也是因爲他久居法國南部，那個地方接近地中海，陽光明艷，洋溢著無限的溫暖與熱情，而反映在他作品裡的那些裸女如地中海陽光的明麗，相當迷人。

表現派　弱者女人

表現派的畫家們筆下的女性，不是肌香四溢，豐胸高臀，身材豐滿，活潑可愛的女人，而是身受不幸，滿臉辛酸，內心相當痛苦的女性弱者。

戰後對砲火洗劫下苦悶

那是第一次世界大戰剛結束，人們經過砲火的洗劫，內心格外苦悶，很多畫家藉繪畫發洩了他們內心對戰爭的不滿。他們也畫在戰火中遭受家毀人亡、流離失所的女性，她們飽嘗離亂，失去歡樂，一種被壓迫的無聲吶喊，在她們身上掙扎。

表現派的畫家是不幸年代裡成長的一群，他們筆下也描繪出不幸年代裡的女性。

表現派主張的是「表現」的藝術，極端重視「主觀」與「個性」。可以說，他們的作品內容完全是自我個性的，形式重視絕對個性，絕無一般通俗的描寫或表現法，這點是與別派畫家不同的地方。

表現派的畫家側重內容表達，畫面深沉，有神祕遙遠的感覺。他們的畫面激動、諷刺，包孕著個性抱負和對事物的批評。

歌德色彩與無神心理學說

表現主義繪畫在形式上受法國畫派影響很多，然而在內容思想上就以德國民族思想及新藝術運動爲重。19世紀的德國畫家多接受進化論者歌德的色彩學及無神論者的心理學說，所以他們都試用客觀的條件表現內心的狀態，而以線條表現活力，以色彩表現感情。

「風景中三裸婦」含蓄田園風

像嚮往吉普賽風情的田園詩人畫家繆勒，他和其它德國「橋派」成員一樣，喜歡畫在自然景致中的人物，如「風景中三裸婦」，但他的色彩含蓄內斂，尤其偏愛綠色系及黃色系。以黑線條概括輪廓線的簡練畫法，省去細部描繪，面無表情的裸女充滿表現性與象徵性，成爲自然的生成物。

「思春期」頹廢病態的美感

貧病的童年影響畫路的挪威畫家孟克，以畫作來探討哀傷失望人生。他筆下的裸女或少女，如「思春期」中坐在床沿的裸女，充滿頹廢、悲觀、病態的美感，孤寂憂鬱、不安恐懼。

粗獷性格的「披黑外套裸女」

厚實有力的人物形體，加上黑輪廓線如雕像般堅硬不動的形體，陰暗的色調，富表現性的姿勢，以及鄉野粗俗的題材，如「披黑外套裸女」，即是典型的格羅美爾表現派繪畫。

風景中三裸婦　繆勒作
1922年　蛋彩・畫布　119.5×88.5cm
柏林・橋派美術館藏

思春期　孟克作
1893年　油彩・畫布　150×110cm
奧斯陸・國立美術館藏

披黑外套裸女　格羅美爾作
1929年　油彩・畫布　81×65cm
巴黎・國立現代美術館藏

畢卡索　古典美再現

現代人看古代人的藝術作品，除了要發現其精華所在外，最重要一點必須加一番現代感受。誠如畢卡索有一段時間非常喜歡在自己作品上，以希臘古典的美重新予以再現。

流露人類性格總和

畢卡索的作品經常流露了人類性格各方面的總和，他喜歡古希臘雕刻藝術的厚壯，健康的傾向，也沉醉於希臘神話富於哲學結構的故事，他整整用三年功夫，捕捉古希臘典型神話的佳構。他用如古雕刻造形，厚重咖啡色調，流露出現代造形的粗壯美。這不是復古，而只是嚮往，更是再現。

重新再現之所以與復古不同，那是因注入了自我感情。每一個人對每一件事，因各人思潮而異，如何在舊題材中加上個人思維，這不是舊瓶裝新酒，而是舊資料新整理。它與臨摹、抄襲完全兩回事。

畫出感受到不是看到

畢卡索每每能把靈感畫出來，而不是畫別人看到的意象。他的毀滅與再造，是他成功最大基石。舊的看法、舊的束縛都被毀滅，全部由新的、個人的、時代的東西來取代。

他的「海邊的家族」其實是希臘神話中維納斯與邱比特。而另三幅「裸婦」中，一幅略帶土人雕刻造形，一幅以希臘雕刻爲意念，另一幅則點綴裝飾風很重。「大浴女」則以坐像般姿態出現。它們一致強調古希臘藝術的厚重特質，也剖白畢卡索對希臘雕刻的藝術看法。

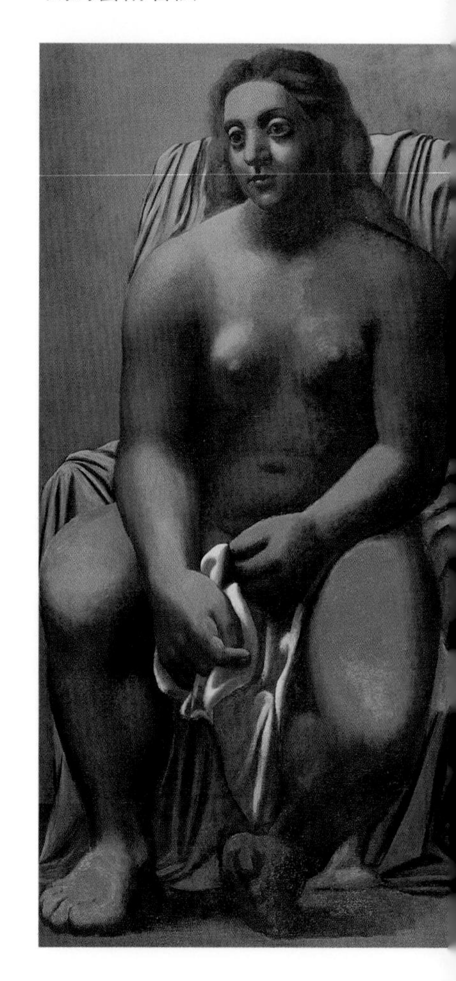

大浴女　畢卡索作
1921年　油彩・畫布　182×101.5cm
巴黎・羅浮宮美術館藏

海邊的家族　畢卡索作
1922年　油彩・畫板　17.6×20.2cm
巴黎・畢卡索美術館藏

「海邊的家族」再現古典美

義大利龐貝之旅，對畢卡索新古典派時期作品影響極大，那富表現力壁畫與雄厚碩壯希臘羅馬雕刻，都對如「大浴女」、「海邊的家族」與「二女急奔海灘上」等作有所啓發。咖啡色調平塗厚實的塊面，與碩壯肥胖的軀體造形，都是古典美的再現。

二女急奔海灘上　畢卡索作
1922年　油彩・畫板　34×42.5cm
巴黎・畢卡索美術館藏

「二女急奔海灘上」

這三件作於1921-22年間的作品中，尤以「二女急奔海灘上」最能展現畢卡索粗獷豪邁的個性。那兩個粗壯如巨人般的白衣女手拉著手，在海灘上忘情地奔跑飛舞。手舞足蹈的誇張變形手法，頗合乎畢卡索熱情奔放的本性，在藍天碧海襯托下頗具鮮明個人色彩。

變形「三裸婦」・「鏡」

善變的畢卡索，到了1930年代造形技法又轉爲把人體拉長、壓扁、扭曲等種種變形，以加強效果。「變形」是這位西班牙畫家的拿手好戲，光是看他構圖、姿勢類似的三幅裸婦像，便知道畢卡索多愛作怪！

三名裸婦不但姿態多所變形，連背景都像換布景拼貼般的五花八門，裝飾意味濃重，歌頌官能美。

而「鏡」更是將裸婦前凸後翹的肉感圖像化、線條化了，連頭髮及臉蛋都極度變形。鏡中的景象更是絕妙的大筆揮就，引人遐想。

裸婦三幅　畢卡索作

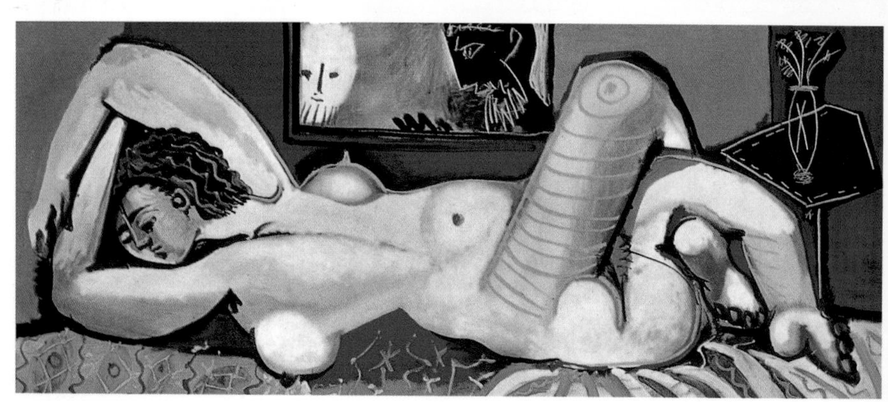

鏡　畢卡索作
1932年　油彩・畫布　130.7×97cm
私人收藏

超現實　異端裸女

一般描繪裸女的畫家，都是借女性優美的體型和姿態來追求藝術上的美感。但是在第一次世界大戰後，有一些畫家如格羅士、德爾沃、達利、米羅、馬格利特、克利等人，都從時代的感受與現實出發的觀點，採取訴諸社會性的方法，來描繪女性之裸。

表現派與超現實的不同

在這一群中有表現派與超現實的一群，表現派展現弱女人姿態，而超現實則是如惡魔一般美女。

超現實畫家是1915年以後，畫家研究人們的夢境與幻想；研究心理學或精神病學的原理……他們從肯定中求得，美是在那不可捉摸的幻象和渲染的夢境裡，因此在整個繪畫趨勢裡，呈現異端的裸女。

他們以尖銳的筆觸描繪男女同性愛戀，如德爾沃的「二女友們」，和患有夢遊症的女人「特洛伊」等。當時德國畫家格羅士 (Georg Grosz 1893-1959) 即以此表現第一次世界大戰後混亂的德國社會現象而著名。

人性、野獸、文明關係

超現實派畫家則將人性與野獸，野性與文明的關係，透過現實構成奇妙獨創的裸女，如半裸神秘「宅邸的門庭」。達利、德爾沃等人描繪下意識的幻想，把深奧的內在情緒寄託在神話中，因此他們筆下的裸女有如惡魔一般古怪，如達利的「自認純潔如處女」、「海克力斯掀開海的外衣喚醒沈睡小愛神」等作。

宅邸的門庭　德爾沃作
1954～56年　油彩・畫板　190×90cm
私人收藏

自認純潔如處女　達利作
1954年　油彩・畫布　40.5×30.5cm
美國・洛杉磯・私人收藏

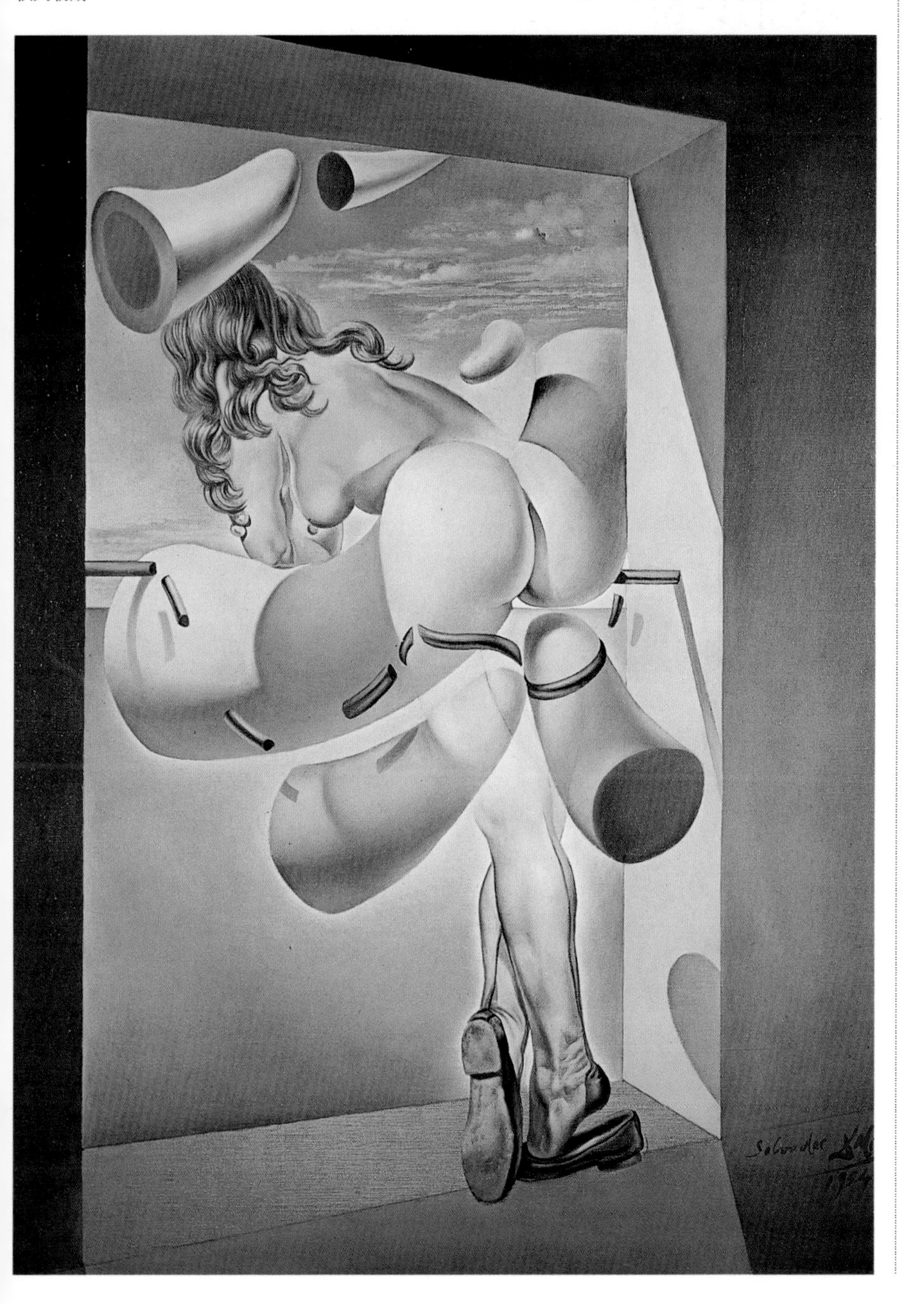

二女友們　德爾沃作
1946年　油彩・畫布

**海克力斯掀開海的外衣
喚醒沉睡小愛神**
達利作
1963年　油彩・畫布　43×55cm
日本・長岡現代美術館藏

特洛伊　德爾沃作
1967年　油彩・畫布　160×140cm
東京・石橋美術館藏

P. DELVAUX
5-67.

達利　奇異女性

達利 (Salvador Dali 1904-89) 筆下女性，幅幅呈現怪異的面貌，尋取新視覺的造形，不斷以新境界示人。

達利作品很明顯的可以分爲三類：早年進入馬德里美術學校到1928年爲第一階段；1929-37年，到義大利旅行是第二階段；1940年以後定居美國是第三階段時期。

1922年前後是早期作品，也是第一階段從寫實的作品跳躍出來。像他的「布拉巴的浴女們」，是運用秀拉的點描畫法，可讓人嗅到印象派神髓。

形而上畫風影響下

形而上畫風侵襲達利時，他畫了很多類似魔鬼，模型的人體，荒誕鬼怪的形式，並不是自然的反映，而是原始民族的拜物狂。他也有一些以西班牙內亂作主題，表現荒涼廢墟，無力的吶喊，分了屍的身體，失望的人，悲悽天空，雲彩灰灰，好像烽火連天過後的特有寧靜。

同時「潛意識」美學，開始向畫壇宣佈，他肯定的說：美在其中，美是潛意識中解脫的意識，那不可捉摸的幻象和加以渲染的夢境裡，達利也推介了他的此一番論調。

1940年定居美國加利福尼亞州後，達利開始試探「神祕主義色彩」的新境界。他在文藝復興的作品和希臘神話題材作著現代意識再現。他的此一非合理幻覺，也就在他非合理印象的精緻具體中表現了。

沒風沒浪靜止世界

1960年以後，則拓展遼闊視野，喜歡表現廣漠無垠感，水連天、天連水的草原，長長的人形和靜止小影，沒有風，沒有浪，一切像靜止的世界。

達利一生描畫現實題材，從事於潛意識研究，他與自然主義相對感，不受理性支配而憑本能與想像。他訴諸在畫上比現實世界更美，比現實世界再現更具意義。他以布爾頓所謂「自動的活動，無意識的自動作用和夢幻世界的探求。」

「卡拉半裸」與卡拉背影

達利是超現實畫派最重要畫家，他的卡拉，不知是女友？情人？妻子？還是情婦？

因爲達利生活隱密，私生活不願公開，又因爲其行徑怪異，不按章法行事，大家找不到他跟卡拉結婚關係。

可是達利給卡拉畫了很多畫像，包括全裸、半裸，正面、背面。卡拉在達利心目中，不但是情人、情婦、太太及女朋友，更是最佳模特兒。

卡拉有成熟婦人的特殊風韻，身材不挺好，但也均勻有致，尤其是她的

看望無形鏡子的卡拉　達利作
1960年　油彩・畫板　42×31.3cm
西班牙・費格拉斯・達利基金會藏

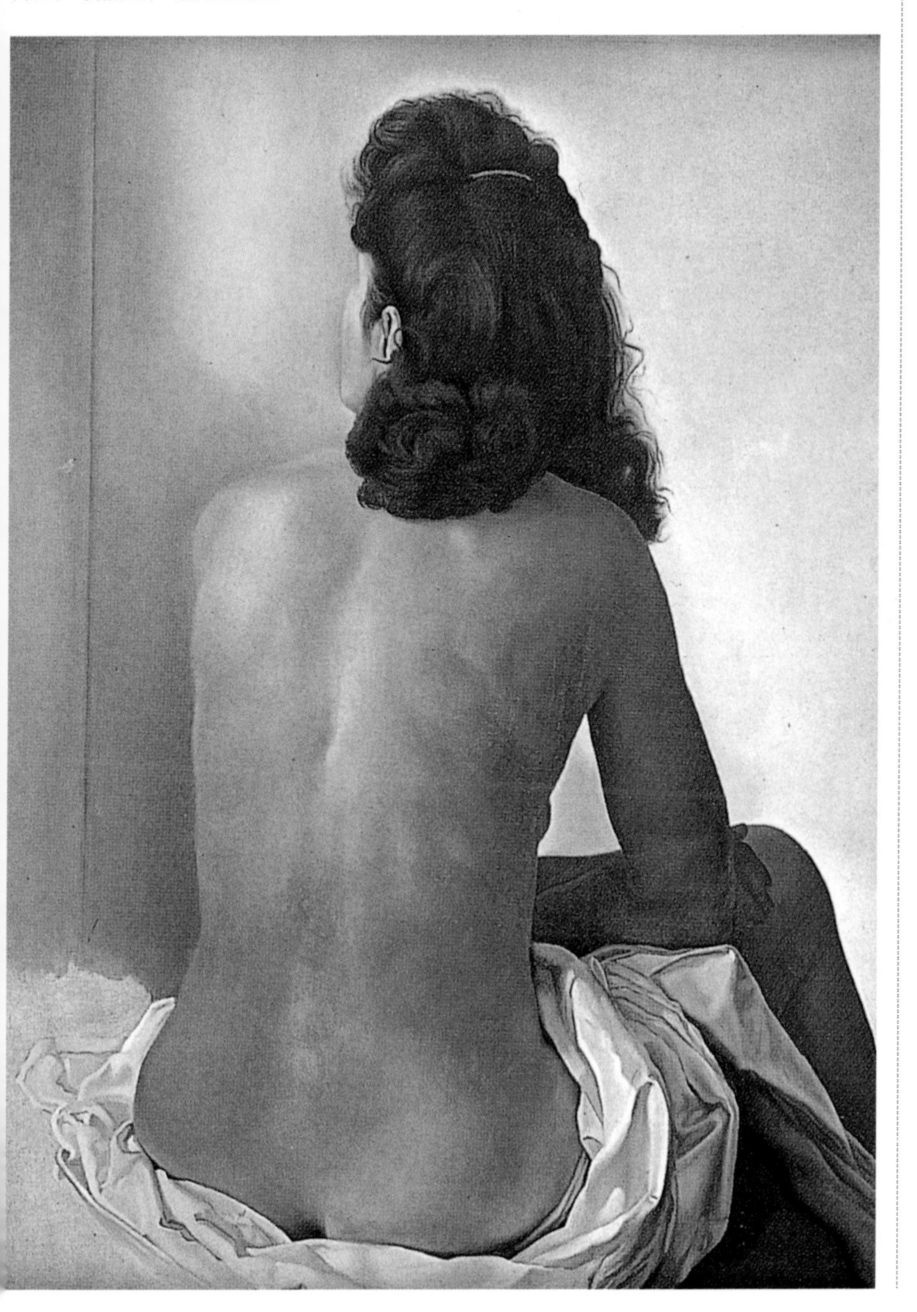

卡拉半裸　達利作
1944～45年　油彩・畫布　64×50cm
美國・佛羅里達・達利美術館藏

站在窗邊女郎　達利作
1925年　油彩・畫布　101.3×73cm
西班牙・馬德里現代美術館藏

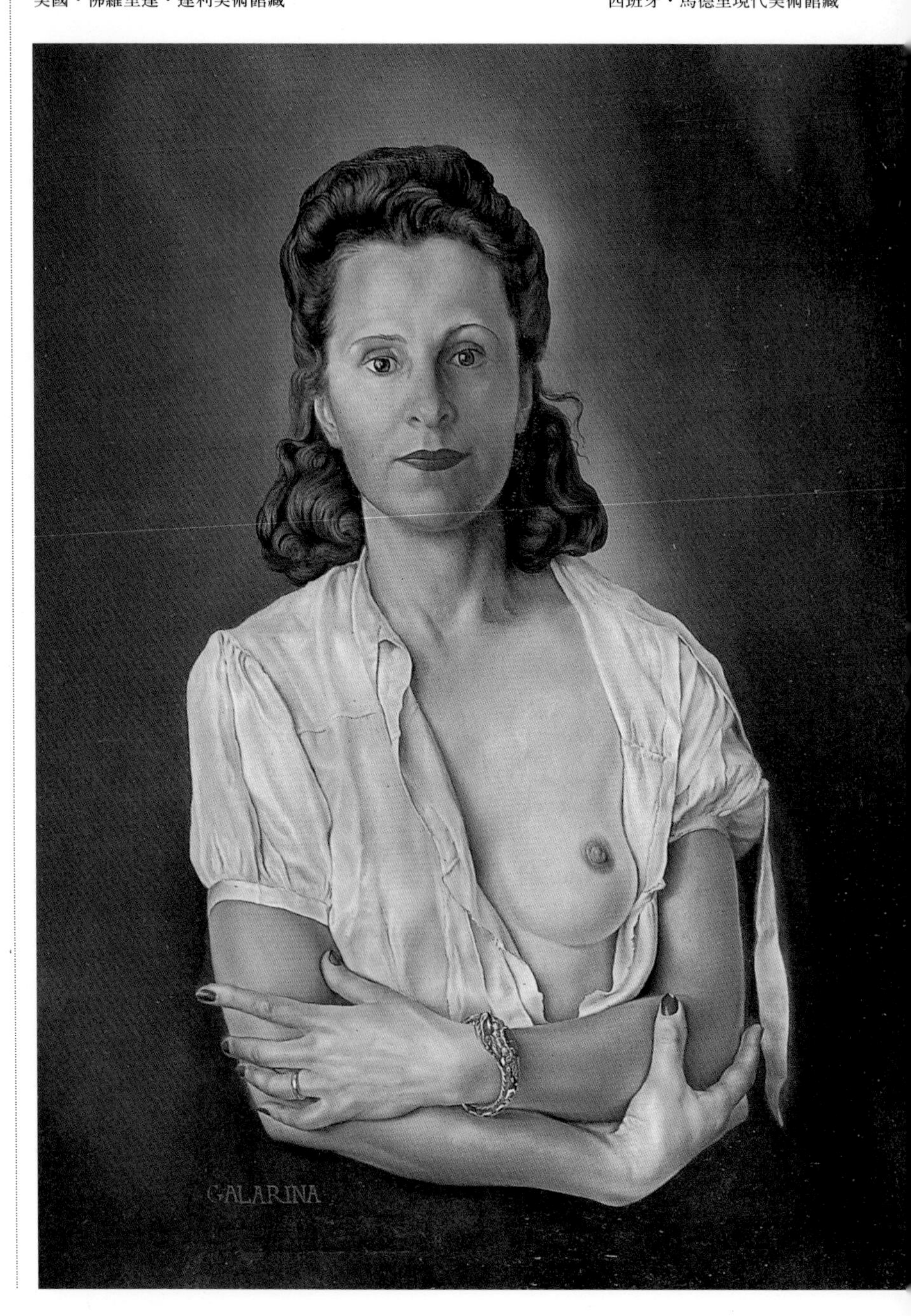

Salvador Dalí
1925

原子麗達　達利作
1949年　油彩・畫布　61×45cm
西班牙・費格拉斯・達利基金會藏

背部，線條很美，不肥不胖，帶點骨感。「看望無形鏡子的卡拉」，達利畫出有美麗背部的女人魅力。

達利生命中女神——卡拉

達利常說：「卡拉帶給我無限的喜悅，她是我的安琪兒，也是我征服世界的無限泉源。」

達利住在宮堡似房子兼畫室，名車出入，有園丁、司機、管家、廚師…愛穿名牌，自己設計衣服還請名牌服飾店專縫，生活開支大，也從不會節省過日子，只知道要什麼就花什麼！

而且祇有靠賣畫維持頂級生活，他的經紀人負責張羅經費。有時收藏家看上他畫的半裸或全裸，或者包括著衣的卡拉畫像，他都惜售，自己保存著。因此有很多以卡拉爲模特兒的作品，現在都收藏在西班牙・費格拉斯的達利基金會裡。

「卡拉半裸」半裸勝全裸？

「卡拉半裸」則穿著眞絲襯衫，打開露出一隻乳房，手上戴著鑲有紅寶石手鐲，那是達利自己所設計。他設計的寶石產量很少，當然價昂物貴，而且每件編號，全是限定數量。

達利筆下的卡拉，無論裸著背部或半裸前胸，都神形俱全，不但是美麗女人，也是才貌雙全的情人。

「麗達與天鵝」達利版

宙斯在希臘神話中是天神，但個性風流倜儻，只要見到美女，就想佔爲己有，包括人家的太太也不例外。

他見到斯巴達王的妻子麗達長得很美麗，由於麗達很喜歡天鵝，當她到伊羅河洗澡時，宙斯就化身成美麗天鵝，跟她在水中嬉遊，天鵝捉住機會有意無意地挑逗麗達，致使麗達淫慾大發成就了好事。

米開朗基羅就曾畫過這個情節故事的神話，後來這件作品不見了，魯本斯就仿了一幅「麗達與天鵝」；這幅作品在畫冊上出現，有的標明作者是米開朗基羅，有的寫魯本斯，標準寫法應該是魯本斯仿米開朗基羅，現藏倫敦・國家畫廊。

達利畫的「原子麗達」，就沒有那麼限制版，麗達（其實是卡拉）坐在檯上，不像有生命力，倒有點像風化過的天鵝，展翅飛來，麗達像對寵物般，撫摸起天鵝的頭。

達利超現實的「原子麗達」，跟魯本斯洛可可時代的「麗達與天鵝」不同；達利像機器人，像玩具鵝，但魯本斯的還是會讓人看了怦然心動，人鵝也可如此傳神。

石榴與蜜蜂環繞夢醒時分

唸了好幾次，實在很難懂這個畫題

石榴與蜜蜂環繞夢醒時分 達利作
1944年 油彩・畫布 51×41cm
瑞士・席森—波尼密札基金會藏

的意思。畫面更難懂……

石榴裂開了，跳出一條大魚，大魚在吞老虎嗎？右邊老虎撲向裸女嗎？前面又怎麼有枝步槍，還刺在裸女手臂上，右邊的宇宙象與危屋又有什麼意義呢？

前面的岩石板上，躺著一位裸女，還有四顆不小的水珠，未開的石榴是懸空，還是已著地？石榴香招引蜜蜂飛近。

達利的畫都不是畫合邏輯的東西，如果您問這是什麼意思，連達利都說不出來，他也不會說。這種毫無關係的不合邏輯組合，我們給他一個名字叫「超現實」，是超乎現實之外，超越現實，像超太空一樣。

達利的自我解釋是：「根據狂亂現實的解釋、批評、聯想等，不合理認識力的自發性作用」。

不易理解畫題越看越不懂

這是似懂非懂理論，研究美學的人認為，達利會繪製如此令人不易理解素材組合，那是他的創作動機如洪水般襲擊他的意象，也就是解開了被邏輯、自我意識抑制的試鍊後所流露出的昏睡、興奮、狂熱、狂亂狀態。

美學家的解釋讓人似懂非懂，但如果您曾研究過佛洛依德的潛在意識著作，受感動後一切就像這般開始。

融入佛洛依德潛意識觀念

佛洛依德相信夢幻、狂想，企圖將自己內心融入狂亂的精神狀態中。所以達利常認為自己是狂人，狂人是不理智，也是理智發狂的人，當然這種人是非合理，而非合理人畫的非合理繪畫，接近狂人畫。

如果您想看懂達利的超現實繪畫，先看佛洛依德的存在主義或心理學著作，您就不會窮追猛問，達利畫上的東西是什麼意思。如果用最簡單的話回覆，他是在「畫上作夢」，夢當然不合邏輯，無道理可言。

「炎之女」達利雕刻

達利實在是位天才，除繪畫外他對雕刻、金工、珠寶設計樣樣精通。

他曾說：「我曾經在馬德里的美術學校學習雕刻，能作出不輸給任何人的好雕刻。」然而他自己從未認為自己是雕刻家，「我只是專門在做變形(Transformation)的事而已。」

同時他再三強調在三次元（立體）作品裡能帶給它獨自性風格，並不是二次元（平面）的延續，他只是把二次元的對象，再用三次元來解說。

「有抽屜的維納斯」系列雕刻

「炎之女」是青銅鍍金雕像，那是

有抽屜的維納斯　達利作
1936年　銅鑄・白漆　98×32.5×34cm
巴黎・私人收藏

炎之女　達利作
1980年　青銅・鍍金　176×46×56.8cm

伸臂的維納斯嗎？如衣紋如樹皮般裹著身上的曳地禮服，身上有很多小抽屜，由小腿、大腿、小腹、腰部、胸下，由下而上。長裙像長了橄欖葉，也像火炎，從地上冒起到大腿。

這是達利受杜象惡作劇的幽默所感染，那是他在一系列「有抽屜的維納斯」雕刻作品中一件。從達利所設計創作的這些珠寶、雕刻，可看出他的多樣才華，跡近鬼才與天才。

德爾沃　現實外女人

超現實畫家德爾沃 (Paul Delvaux 1897-) 筆下的女人，慘白、奇異、不眞實，有如夢境或幻覺，像生活在另一個世界，又像在月光下過活的人。

這個以畫裸女，又喜歡畫穿白紗長裙女人的畫家，自己不承認是超現實畫派，不知應把他歸在何畫派，還是列入超現實畫派比較妥當吧！

「鏡前之女」不合邏輯畫面

那白皙細緻的裸女，對鏡凝想些什麼？不像晨妝，又不是外出前整妝。又爲什麼在山洞裡，她是原始人嗎？鏡子後爲什麼有兩條白織花紋衣帶子呢？全都不合邏輯。如果您要論邏輯畫面，這位照鏡裸女，應該在臥房，應該在家裡。既然「鏡前之女」置於不合乎邏輯場所，那就是超現實畫家筆下作品。

這幅畫屬於瑞士・席森——波尼密札基金會藏品，也是它的鎭館珍品。

他畫的裸女甘美而優雅，「熟睡的維納斯」卻給人冷酷的悽美之感。她像中國鬼故事中的女仙，背景光影呈現不可探知的異樣，像鬼影幢幢般。這種屬於古典艷麗，肉體像沒有血液般，畫面產生靜寂而耽美的幻覺，就是德爾沃筆下的世界。如「女皇」、「侍女們」、「最末班列車」、「海濱」、「午憩」、「合唱團」等作。

德爾沃的維納斯像殭屍？

佛羅倫斯・烏菲茲美術館的「維納斯誕生」，波提且利筆下的維納斯，從貝殼張開刹那間隨浪花一躍而起，眞是風情萬種。

達文西的維納斯駕馭著海豚，在海神的海螺號角聲中，聲勢浩蕩地奔向奧林匹斯神山。

超現實畫家德爾沃筆下「熟睡的維納斯」，卻熟睡如殯儀館中殭屍，不但無生命可言，還置身骷髏、名模、裸女跟羅馬建築廣場裡，爲什麼德爾沃的維納斯不再是美神、愛神呢？

「熟睡的維納斯」如異域？

倫敦・泰德畫廊收藏「熟睡的維納斯」，就是德爾沃「白色女人王國」最典範名作。

在古羅馬建築背景中，一個裸女躺在紫色床墊的精緻雕刻床上，旁邊有穿著盛裝走台步仕女，也有一絲不掛裸女，更有令人毛骨悚然骸骨。在下弦月的光影下，躺著被月色照射的裸女——維納斯，這是一種超越時空，讓觀眾有種奇異的不安與驚訝，像異域，像鬼魂世界，又像夢幻、奇想、莫可名狀的奇異天地。

裸女——維納斯以外的人，雖有動作，但像櫥窗模特兒動作，整個畫面

熟睡的維納斯　德爾沃作
1944年　油彩・畫紙　173×199cm
倫敦・泰德畫廊藏

鏡前之女　德爾沃作
1936年　油彩・畫布　71×91.5cm
瑞士・席森—波尼密札基金會藏

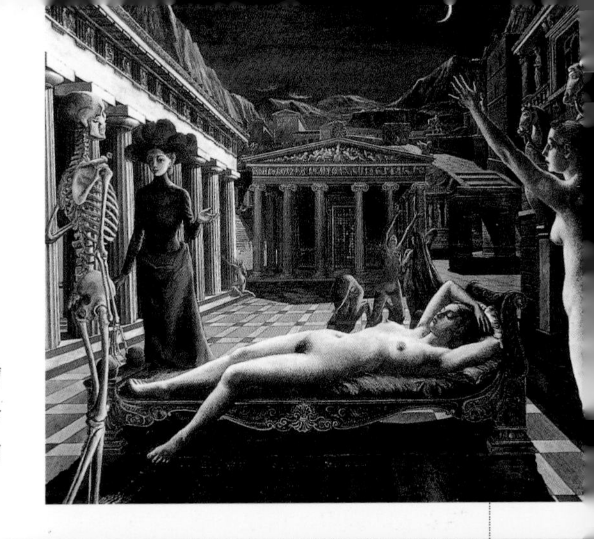

靜謐、恐怖。德爾沃在此把古典派繪畫與奇里訶的形而上作品，相互結合起來，畫面看來像舞台，氣氛濃郁如魔術般魅力籠罩。

女皇　德爾沃作
1974年　油彩・畫布

侍女們　德爾沃作
1977年　油彩・畫布　150×190cm

最末班列車　德爾沃作
1975年　油彩・畫布　150×190cm

「白色女人王國」系列的奇異

德爾沃在1965年前後，畫了很多不是皮膚白皙裸女，就是身著如禮服又像睡衣的白色有蕾絲花紋衣服，例如「女皇」、「侍女們」、「最末班列車」、「海濱」等作。

評論家爲他這些畫取名爲「白色女人王國」，因爲畫了很多白色女人，她們不是圍坐談心，就是在浴池旁裸浴。她們都擁有成熟健美身材，但個個像病態美人，德爾沃都讓她們置身於靜寂如夢般幻想國度裡。

超越時空，不尋常氣氛

德爾沃把這個世界變爲「白色女人王國」，他筆下的「女人」生活在古代羅馬建築裡，清淨整潔無塵的明亮世界。這裡有夜晚如白晝般明亮的舞

P.DELVAUX

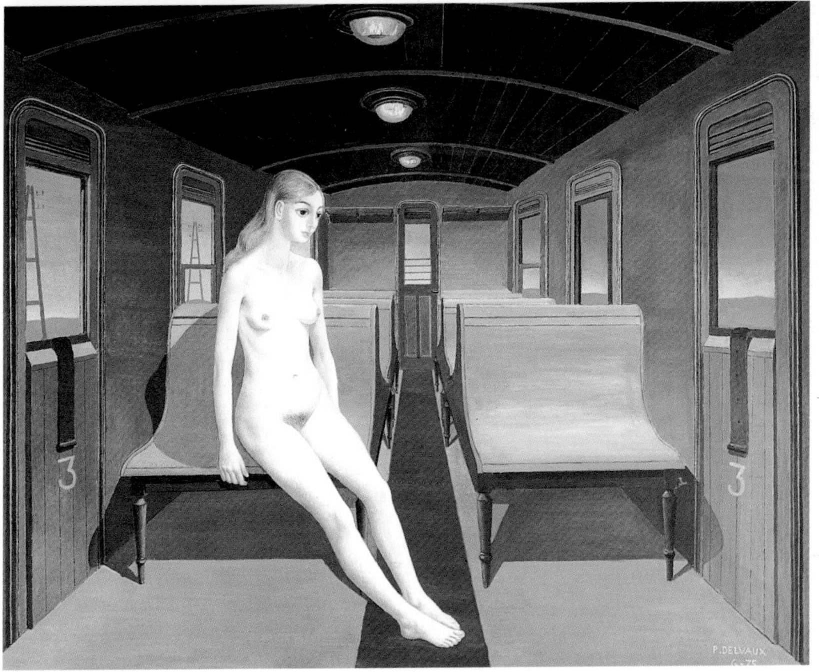
P.DELVAUX

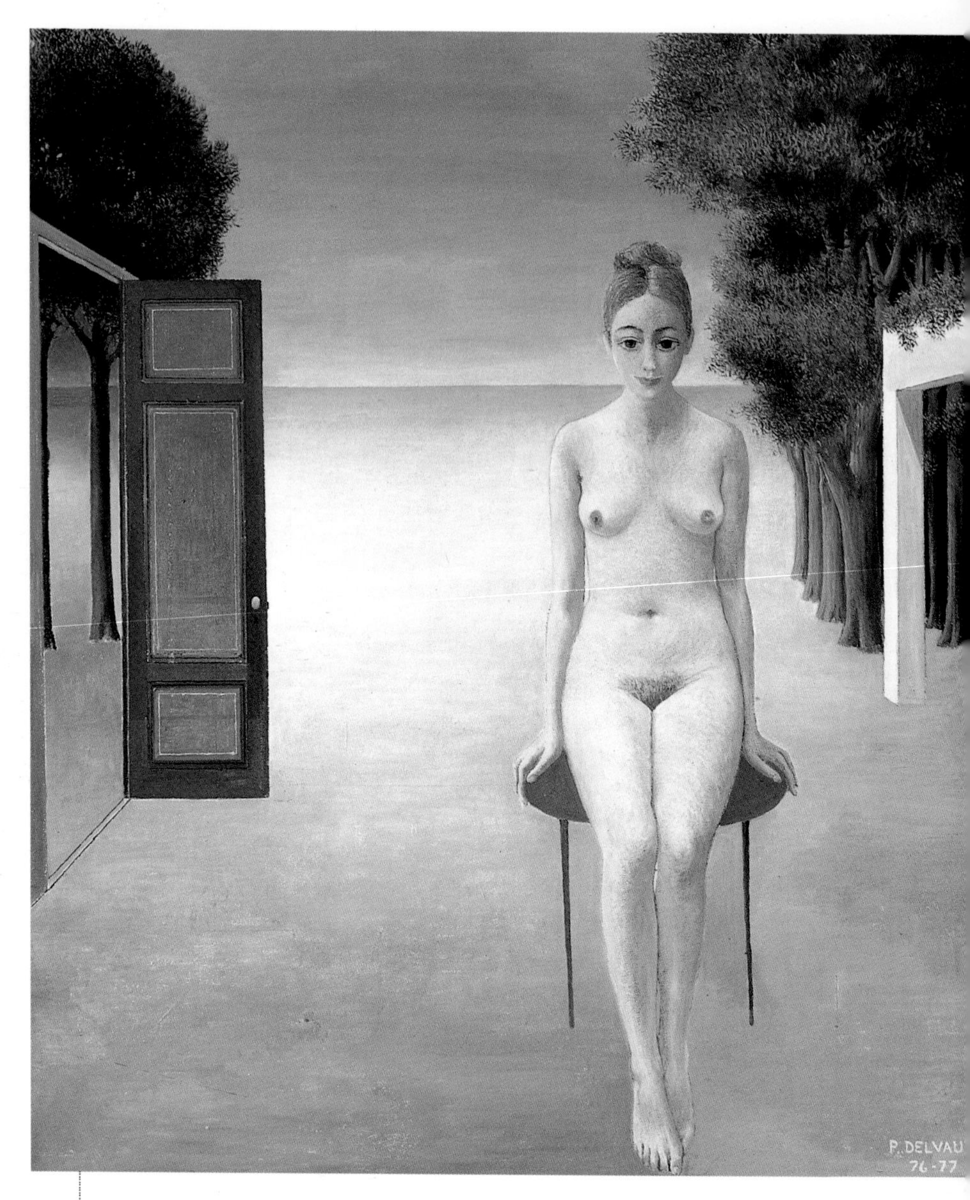

台，這一股奇異不尋常氣氛，具有一種超越時空、不可思議的魅力。

「白色女人王國」非合理情景

德爾沃創造的「白色女人王國」畫面，的確是現實世界沒有的，也是如夢境般非合理情景。看他這些不自然的景物與氣氛，卻深深被他吸引。

他說：「採用古代建築的意象，絕不是為擬古趣味，而是由現代和古代

海濱　德爾沃作
1976～77年　油彩・畫布　150×130cm
私人收藏

午憩　德爾沃作
1952年　油彩・畫板　120×150cm
私人收藏

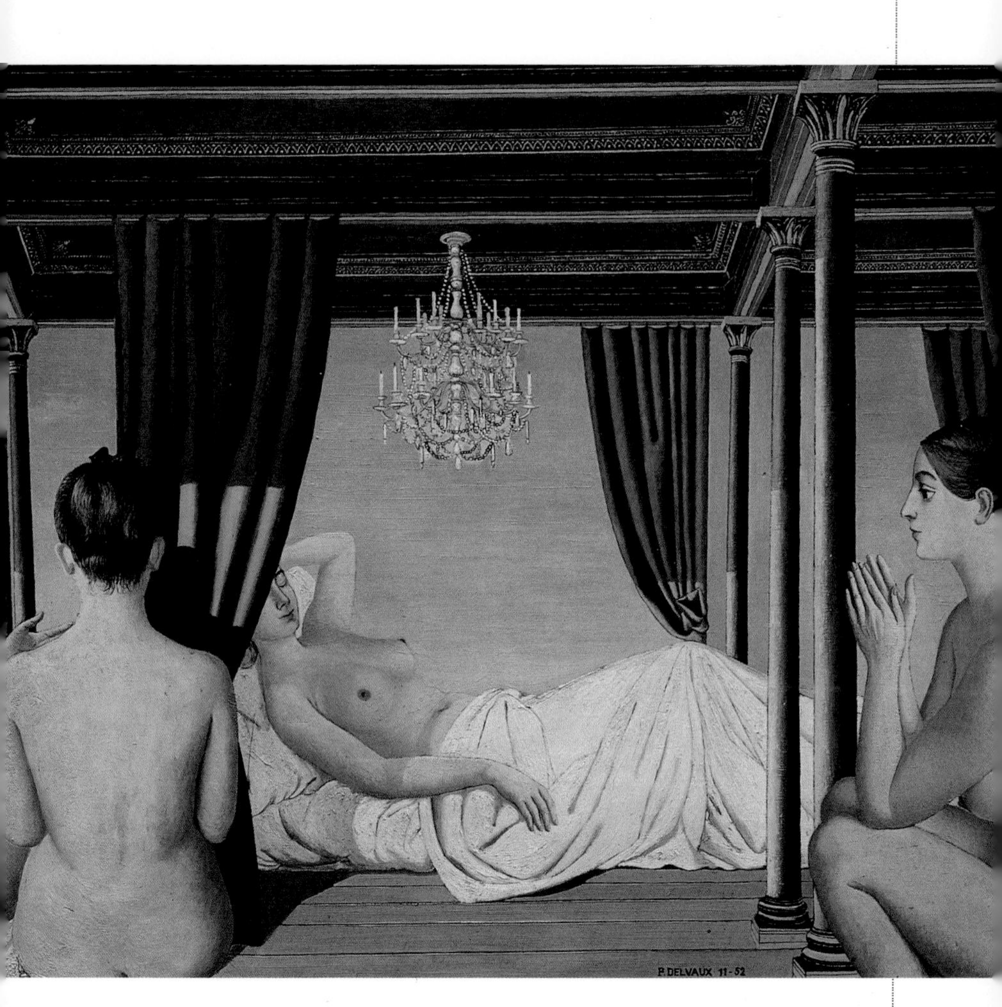

的組合，才能激起新鮮的好奇心。」

德爾沃的美女，有一絲不掛，或是半裸或著衣地有如走在伸展台上的模特兒，衣服樣式絕對是最時髦最先進的。時至今日很多名服裝設計師所設計的衣服，還有德爾沃影子，尤其是長禮服或白色如睡衣般的鑲邊長袍。

畫面滿溢馥郁的女性嫵媚，那既夢幻又神話似的光景，正是德爾沃典型的畫面氣氛。

合唱團　德爾沃作
1983年　油彩・畫布　170×270cm

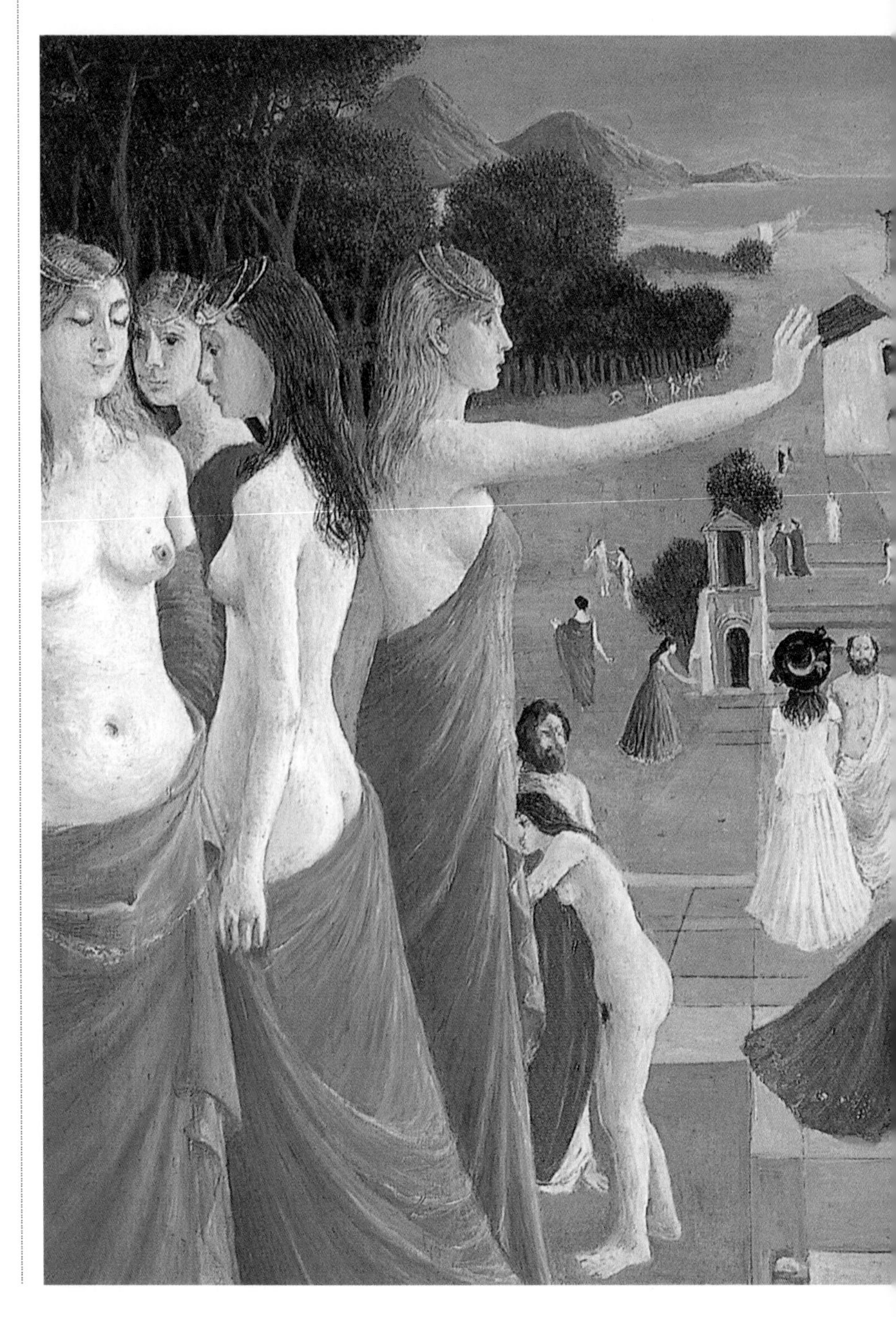

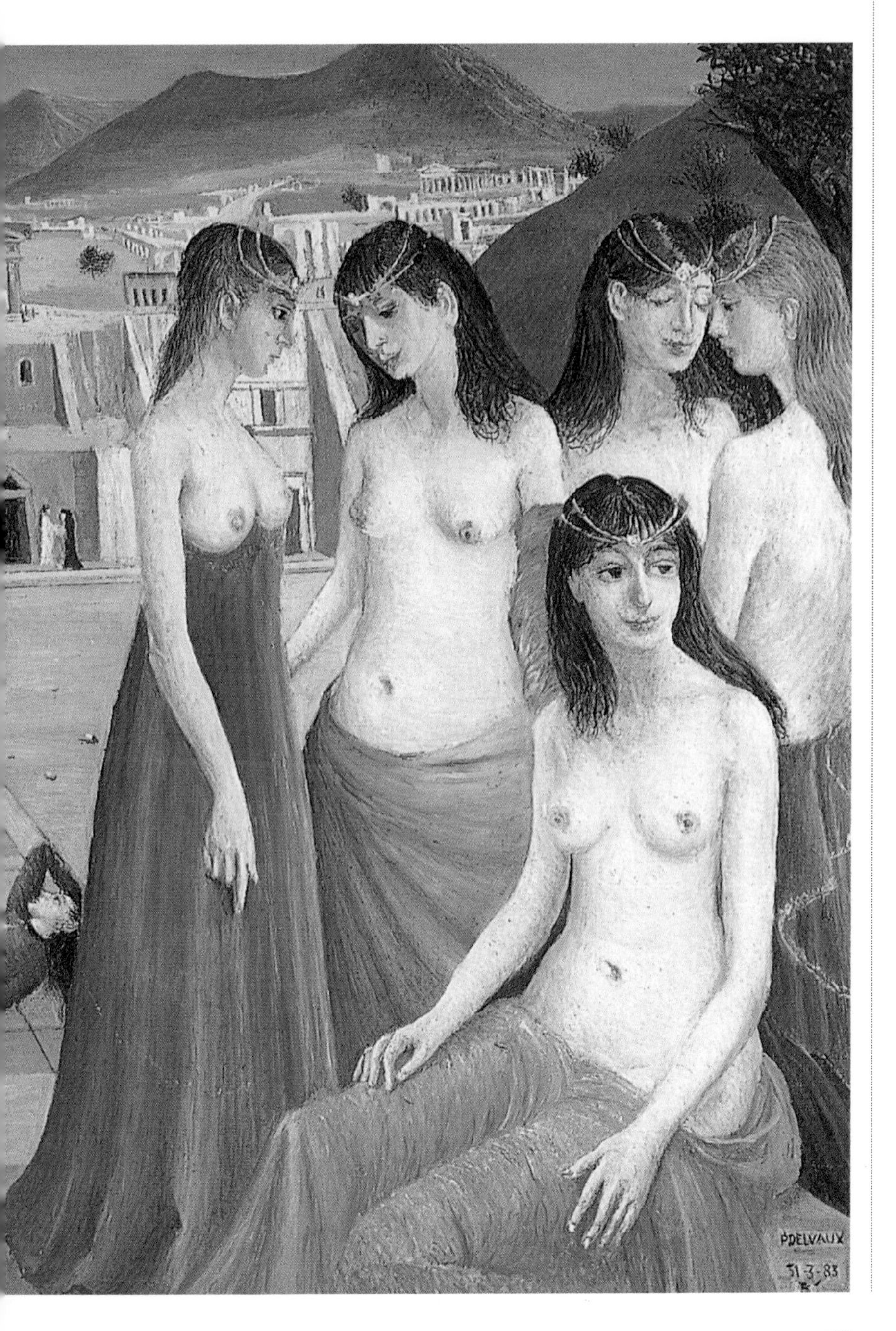
P.DELVAUX
31-3-83

馬格利特　裸女身上看陰晴

站在晴朗海邊的裸女，上半身怎麼像陰晴的天空？那有維納斯般身材的裸體，下半身如常人肉色，爲什麼上半身像被油漆噴成天空色？

海濱白雲下的省思

馬格利特 (René Magritte 1898-1967) 有一年到布魯塞爾的北海濱度假，夏日的陽光是那麼亮麗，天上飄飛白雲，他的夫人兼模特兒正是最富風韻的年代，他畫了一系列太太在海濱的超現實作品。

他又不是裝飾畫家，而是創作藝術家，藝術家爲什麼要創作異於尋常的畫作呢？

在馬格利特的認知裡，在海邊裸體站立女郎，那海洋、天空、水氣的微妙振動，或是陽光照到海面的反射，都是那麼神秘，那是他 45 歲時爲他太太畫的。

飄著白雲的晴空，但裸女身影後面的藍天，卻好像烏雲就要飛過來，人世間的禍福是否也是如此相依相隨？

「黑魔術」系列世事無常

在馬格利特的畫中不乏身材勻稱，線條優美的裸女，而模特兒正是他太太。她總不多話，像冰山美人般。她最愛聽德布西的「海」，他倆都喜歡離布魯塞爾約一個多小時車程的北海邊。那裡的天空正如他的畫面，經常風平浪靜，白雲朵朵，但偶爾西邊晴東邊飄雨，陰晴都可感受得到。他把北海的氣候現象畫在裸女身上的畫，叫「美美之船」系列、「黑魔術」或是「夢」系列，那變化多端的裸女與情景，也象徵世事無常。

以天氣陰晴喻人的生死愛恨

馬格利特在超現實畫派畫家中，以冷靜處理瞑思的內含而著稱，他的畫其實都在傾訴人生的生死與愛恨，痛苦與快樂，他的「晴即是陰，陰即是晴」理論，在畫面上經常出現。

一輪彎月也常出現在馬格利特的作品中，如「夜會服」、「良民」、「大桌子」、「阿恩漢領地」等作，而且大多伴隨著藍色背景，甚至出現在藍天白雲之中。在他的超現實作品裡所有景物都是清朗、明晰、整潔，沒有捉摸不定形態的東西。但這些日常的東西、景物連結在畫面中時，卻予人意想不到的刺激，開啓不可思議的幻想之花。

這種「對照法」(Depaysement)，把如在夢中才能見到的異常景象，例如「夜會服」、「夢」與「黑魔術」系列中，將裸女置於意想不到的海邊、月空下，正是馬格利特的超現實作品獨特之處。

黑魔術 II　馬格利特作
1950年　油彩・畫布　65×55cm
布魯塞爾・私人收藏

夢　馬格利特作
1945年　油彩・畫布　83×70cm
布魯塞爾・私人收藏

夜會服　馬格利特作
1955年　油彩・畫布　68×52cm
紐約・私人收藏

邁約爾　愛的禮讚

邁約爾 (Aristide Maillol 1861-1944) 是雕刻家，他的雕塑全是健美胴體豐盈的裸婦。

他不但雕塑女性胴體，也用木刻鏤刻女性形態，還繪製不少線條優美的裸女素描。他曾用木刻為詩人歐維德插繪「愛的藝術」，也曾以素描為歐維德繪製「愛的禮讚」，那是一本禮讚女性柔美抒情短篇詩集，每個短篇都有邁約爾的插圖。

「調和」追求健與美的綜合

邁約爾以流利活潑細緻筆觸，重視豐滿裸婦結構。追求健與美的綜合，也是對人體美的永恆追求與愛戀，他以雕刻造形在插畫上重新再現。

邁約爾曾說：「我的人體美不只重視輪廓，還強調線條呢！」他的素描一如其雕刻，線條柔和、趣味抒情。他喜歡借藝術來禮讚生命的美好，因此在他作品裡摻入生命力的和諧美。不追求肖似，而重視特徵的幻想美，把思想情感融入造形中。他愛歌頌健壯、年輕、浪漫、豐滿的女性美。

像邁約爾的雕刻「調和」，是他雕刻創作生涯中最後的作品，圓融成熟的調和之美，便是他的最終極追求。青春豐滿的女性美，正是他對愛的禮讚、生命的謳歌。

調和　邁約爾作
1944年　青銅雕刻　161×42cm
巴黎・私人收藏

蔚藍海岸　邁約爾作
1898年　油彩・畫布　96×105cm
巴黎・小皇宮美術館藏

裸女徜徉於「蔚藍海岸」

這種雕刻中的線條之美，也展現在他早期的油畫「蔚藍海岸」中。那一波又一波的美麗海浪，襯托著前景簡約含蓄的裸女益加地純潔豐滿，她身披白紗徜徉於碧海藍天之間。

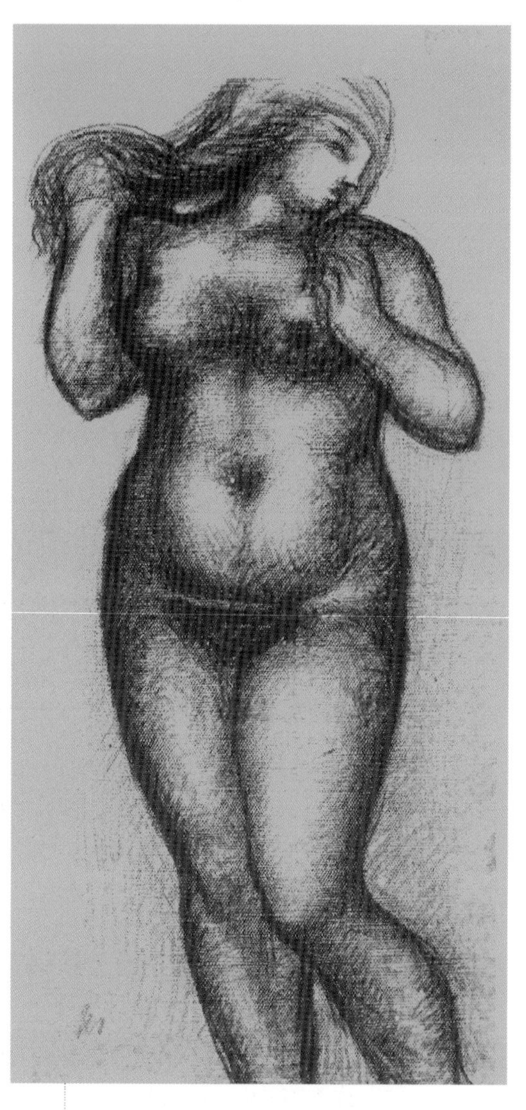

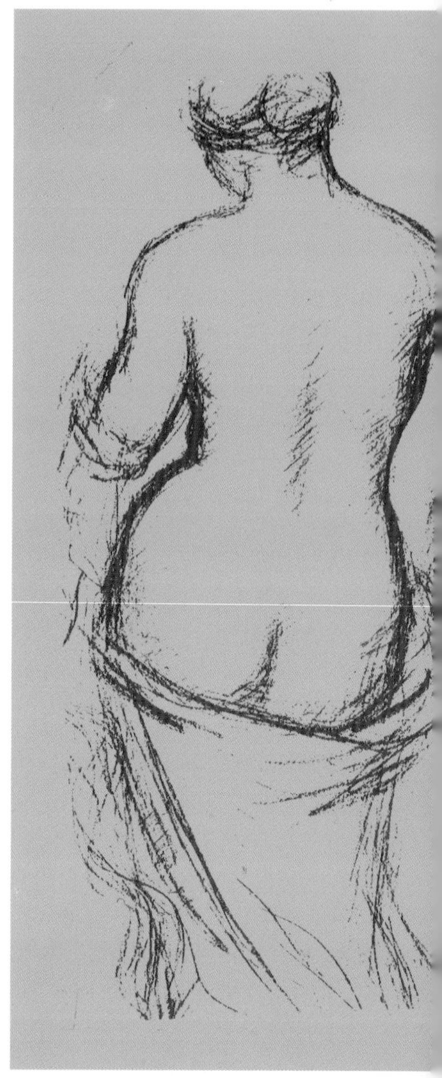

健美豐滿四裸婦線條之美

在「愛的禮讚」等系列裸婦素描插畫中，邁約爾不但注重女性胴體的結構，也致力強調強烈律動感的優美。如「青春」中他以細緻線條與柔美趣味，畫出青春蕩漾女性的肉體美。

他擅長以裸婦各種角度如「露背裸婦」、「裸婦背像」以及「披巾裸婦」，表現不同感受的女性健美胴體。比較不重視細節，以整體形態和輪廓之美爲重。像雕刻般重視整個的體態美，嘗試以純粹造形要素將可觸及的世界做一個總和的再建。他的裸婦軀

青春　邁約爾作
素描

露背裸婦　邁約爾作
素描

裸婦背像　邁約爾作
素描

披巾裸婦　邁約爾作
素描

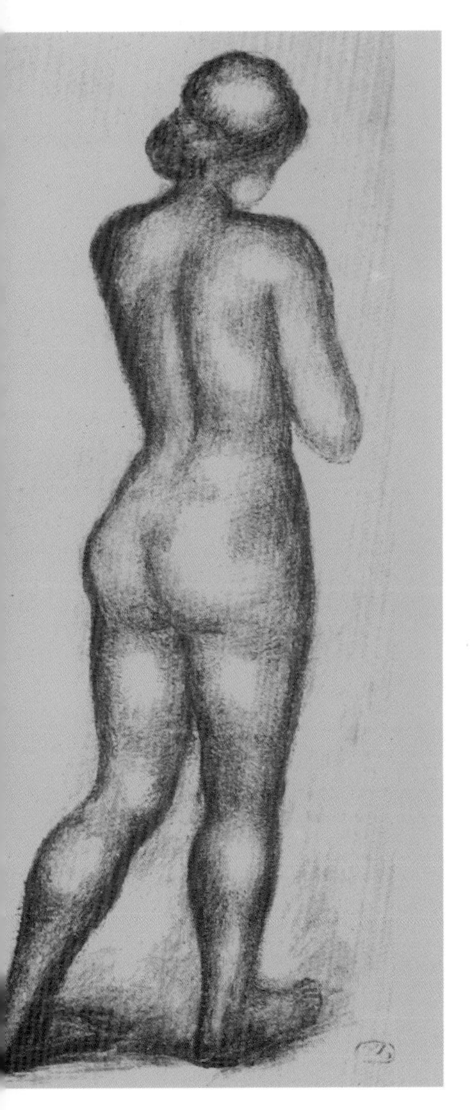

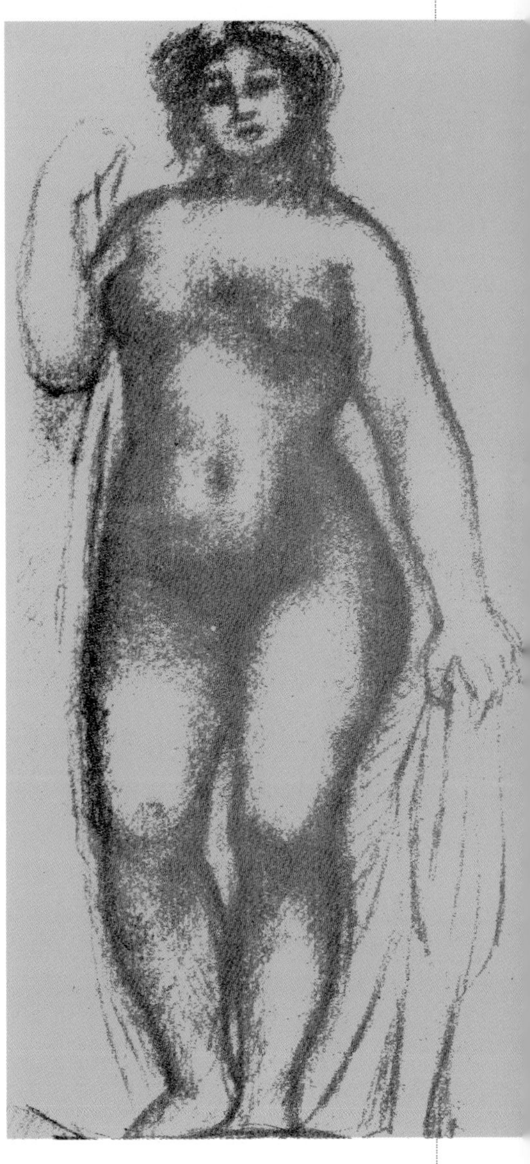

體充滿生命力，肢體貫穿著生命的激流。他已探索女性特質的柔美，以豐富的線條之美展露無遺。

勒澤　持花束女子

勒澤 (Fernand Léger 1881-1955) 是機械主義唯一代表畫家，機械主義的成長是繼立體派之後，和義大利的未來派同時成長。

機械主義的形成，是從畢卡索立體時期的作品上獲得靈感。但畫風卻大大的改變了，他採用機械時代幾何形體，用來作表達方式。另外他又根據塞尙的理論，從球形、圓錐形、圓筒形等幾何原理，並從構造的與圓塊的兩種屬性間取得總和。

機械主義採用了這兩種理論，從機械中發展美感，並強調機械美的優越性，如「持花束女子」及「輕食」等作中，勒澤把一切現象看作純物理法則，運動的必然效果。

塞尚、畢卡索、布拉克綜合

他的作品傾向於塞尙的面與線的構成之知性追求，由幾何學的面重重累積，物體的形顯得很稀薄，如「灰色的曲藝師」，他把粗手粗腳的人堆疊糾結在一起，做線條與幾何圖形的排列組合。

他的作品有點把塞尙、畢卡索、布拉克三人綜合，接近單調的色彩，使用多彩的原色作畫。

他反對在畫面上濫施技巧，因爲這樣會使繪畫素質低落，所以他放棄畫面的厚塗法，簡潔而明確的描繪著自己的情感。

「持花束女子」壯麗與健康

好像這兩幅「持花束女子」與「輕食」，「持花束女子」是比較早的作品，色彩變化雖多，甚至保留一個面的濃淡輕重，婦人造形仍較寫實。而

「輕食」中的兩名看不到臉的黑髮女子，面與面之間的變化較多，色彩豐富，結構複雜。然而給人的一致印象是機械的、幾何的，壯麗、健康，毫不矯飾做作的情感。有一種和諧的對比和一種隱約莊嚴的氣氛。

持花束女子　勒澤作
1924年　油彩・畫布　65×50cm
法國・維勒尼芙・達斯克現代美術館藏

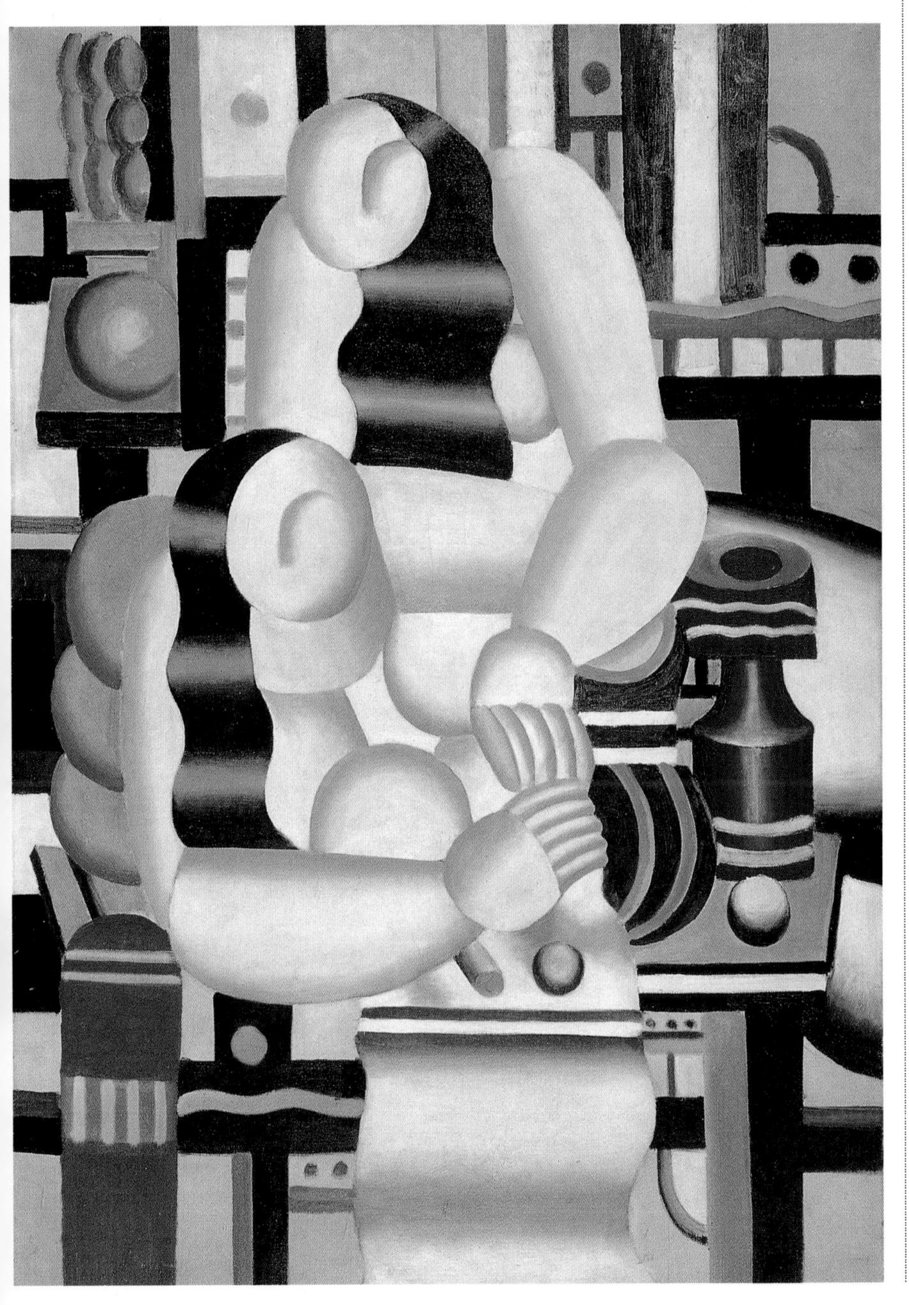

輕食　勒澤作
油彩・畫布　92×65cm
巴黎・國立現代美術館藏

灰色的曲藝師　勒澤作
1942～44年　油彩・畫布
巴黎・國立現代美術館藏

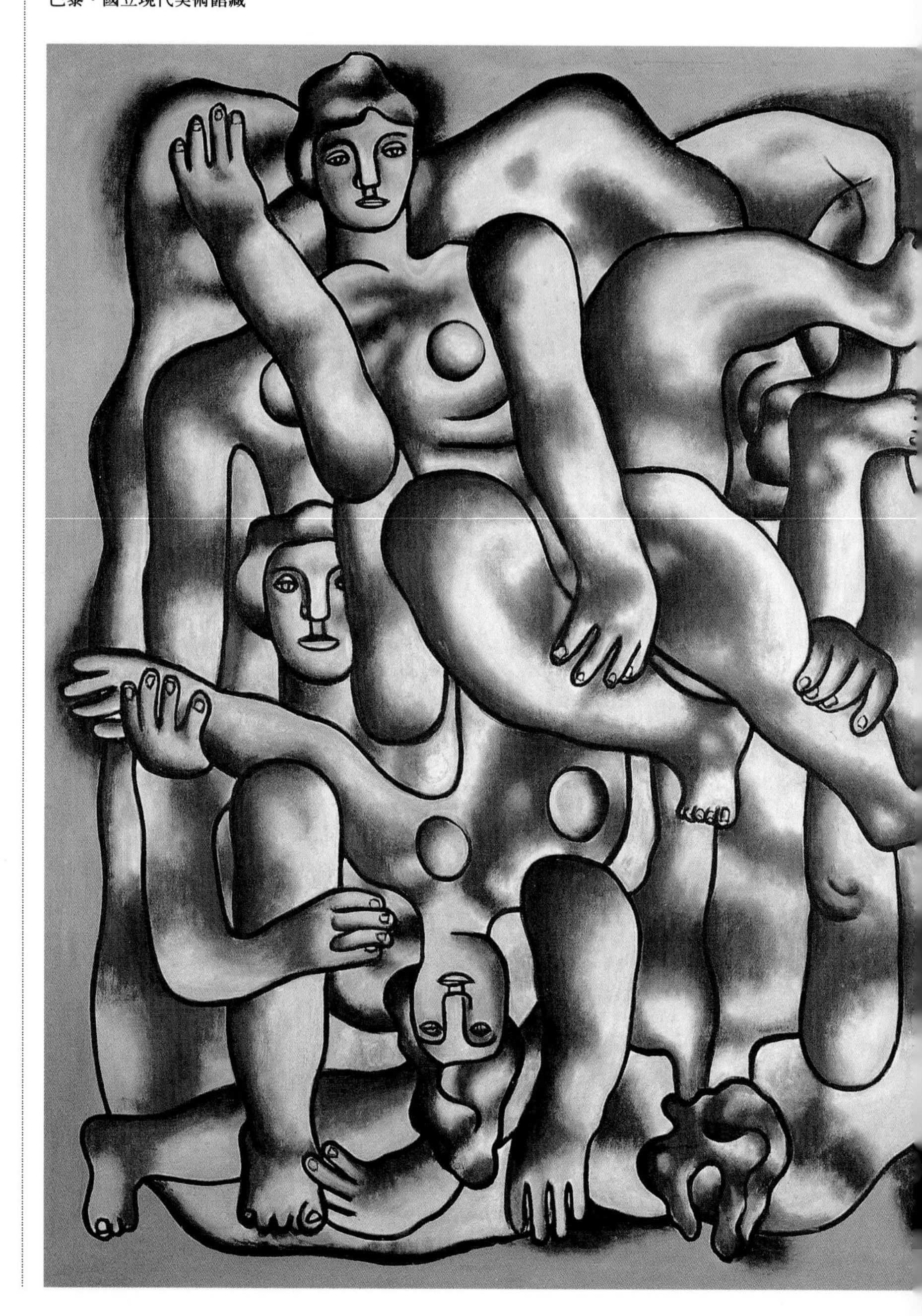

浴女與樹幹　勒澤作
1930年　油彩・畫布　37.5×45.5cm
私人收藏

粗手粗腳「灰色的曲藝師」

以黑輪廓線及灰藍色調的塊面堆疊交纏的「灰色的曲藝師」，以表演特技式的奇特動作與姿態交錯組合成一有趣畫面，只見多雙粗手粗腳交疊揮舞著，卻只露出三個頭的離奇構成。

學過建築的勒澤，顯然將機械美學加諸在他的人體畫中，這些粗手粗腳有如積木般地任由他排列、拼接組合在一起，顯得熱鬧有趣。

「浴女與樹幹」的奇妙組合

勒澤畫中的裸女，有如機械般的冰冷生硬。「浴女與樹幹」中的裸女造形渾圓地坐在沙漠中，她身旁立著幾根咖啡色調的樹幹。奇形怪狀的樹幹與赤裸而坐的浴女，在一片片沙漠中形成一種奇妙而突兀的組合。

浴女的姿態極不自然，右手反轉遮住左半邊臉，左手則抓著根樹枝遮住下體，右腳跨起踩在左腳上。

布拉克　水果與女人

布拉克 (Georges Braque 1882-1963) 是立體派畫家，他曾和馬蒂斯打著野獸派的旗子，又曾跟畢卡索努力於立體派的造形。有人把他列入野獸派，也有人歸入立體派，事實上他對立體派的貢獻很大。

打破形、線、色、光、平面空間

立體派是隨著野獸主義的終結而興起的，它是對於印象主義在創作技巧上的「溶化性」以及野獸主義的「鬆散性」的一種反動。

立體派畫家放棄了從平面的一個角度去觀察事物的方法，而認爲任何物體都有它許多不同的面，從四面八方任何角度去觀察它都有不同的姿態。

因此他們認爲，要獲得一件事物的眞正形象和本質，必需先把眼前對於物體所獲得的統一印象，用科學的方法，從形、線、色彩、光線以及它對平面空間的關係一一予以打破，把原來物體的自然形態支解，使它變成若干不成形體的碎片，然後根據畫家的主觀意圖將這些碎片整理湊合，這樣才可以獲得一件事物的眞正形象，才是「完整的」藝術品。

立體派的發展於1910年從畢卡索和布拉克開始，放棄了傳統從平面觀察事物的方法，開始在一個平面上作側面、上、下等多角度呈現。

在這以前，布拉克的作品大部分是色彩平塗，有野獸派之風，重視面的處理。但布拉克的色彩沒有馬蒂斯強烈，他愛用茶色、泥土色、灰色，再配上些紅、黃、綠，富有裝飾效果。這是他1917年畫風。

「抱果籃坐婦」粗壯土氣

可是到了他舉行第一次個展以後，畫面上慢慢起了變化：線條由硬直變爲柔和，色彩由單純變爲複雜，多用曲線來分割畫面，淺褐的咖啡色統一著整個畫面。像他的「抱果籃坐婦」等畫，便形體粗壯且土味十足，咖啡色調統一畫面，僅以少許土黃、淺綠點綴其間。

色彩在單一色度間形成多層式漸層處理。那時他在那卜爾港旁蓋了個畫室，他筆下的裸女背景，經常像波光蕩漾，有時晴空艷麗，明朗可愛。他像把模特兒置身於地中海陽光下，充滿著詩情，也充滿恬靜之美。

「畫家與模特兒」黑色女人

他的作品受黑人雕刻影響極深，自由大膽的發揮才華。他的繪畫畫境超然，帶有一種哲理的奧妙。像「畫家與模特兒」、「彈琴的女人」等作，他把握住物體的正面，按照立體派的造形趣味表現出一種入世的境界。

抱果籃坐婦
布拉克作
1926年　油彩・畫布
160×73cm
華盛頓・國家畫廊藏

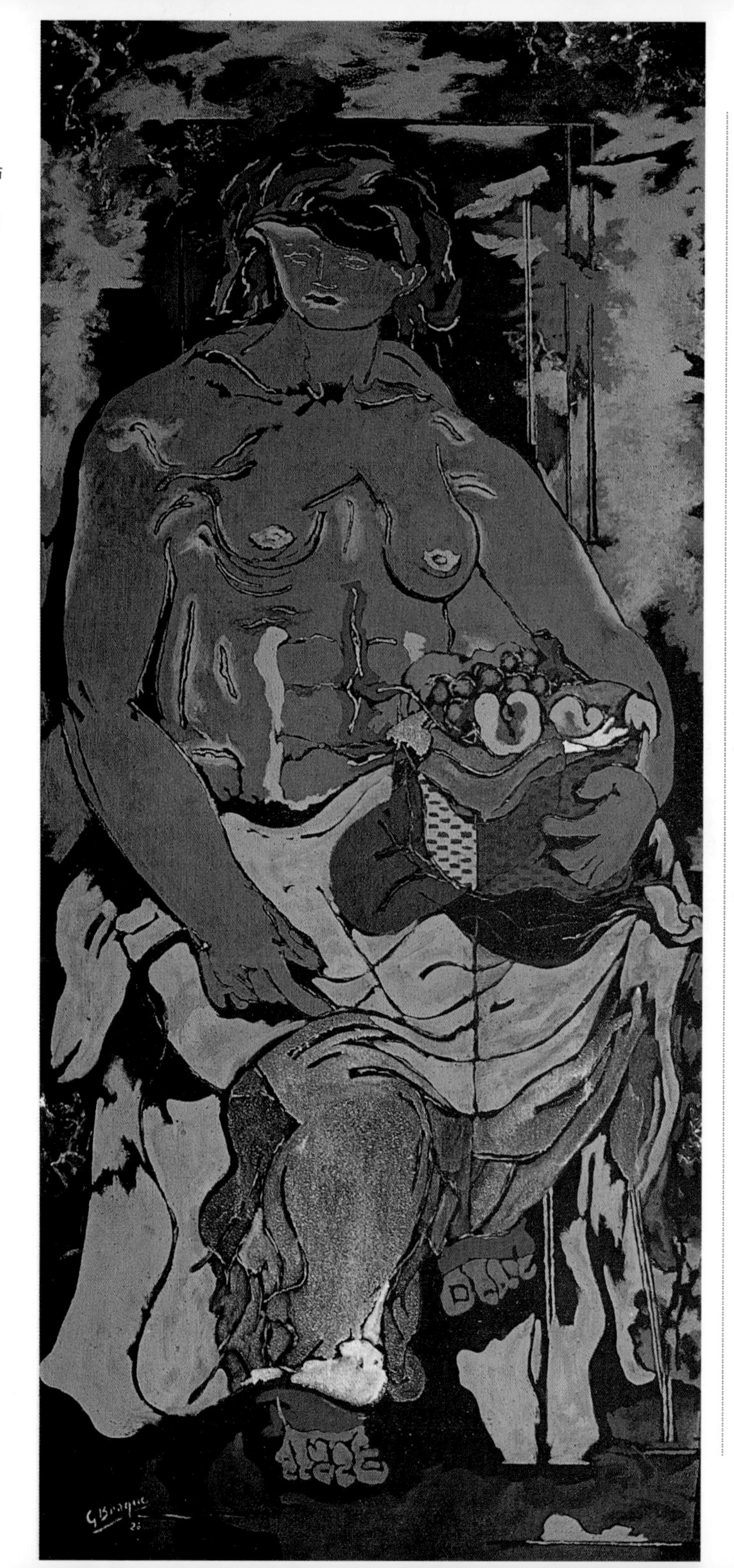

畫家與模特兒　布拉克作
1939年　油彩・畫布　130×175cm
紐約・私人收藏

黑色在布拉克的畫作中，一直扮演著神祕而獨特的角色，常予人意想不到的美感效果。像他將「畫家與模特兒」都畫成了一半是黑色，另一半是肉色與土色。甚至將「彈琴的女人」畫成黑色，再以刮出的白線表現輪廓的翦影效果。在點綴的花花綠綠的背景圖案及色彩中，起了掌控全畫的有趣效果，裝飾意味濃厚。

另一有趣的嚐試是布拉克把他的主客體都完全溶入畫得滿滿的背景中，形成一個有拼貼趣味的完整平面。

彈琴的女人　布拉克作
1937年　油彩・畫布　130×97cm
紐約・現代美術館藏

羅蘭珊　女人與花

羅蘭珊 (Marie Laurencin 1883-1956) 是法國近代的傑出女畫家，她出生在巴黎，1905年入巴黎安貝爾美術學院學習美術，受畢卡索、布拉克、馬蒂斯的影響很深。她站在野獸派和立體派間，可是卻不屬於立體也不歸於野獸，以獨立的面貌與自我風格，另樹一個特別風範。

在1914-20年間，她遍遊西班牙和德國等地，以淡青、淡紅、淡綠、灰白等優美的色調，畫了不少抒情趣味的少女題材作品。羅蘭珊以少女題材的畫，運筆纖細，感情豐富，給她畫中的女性們賦與本能的詩情，是法國一位不可多得的畫家。

愛詩也寫詩女畫家

羅蘭珊同時也是一位詩人，不過要說她是詩人，要比畫家更爲恰當。她少女時代的詩都是用筆名發表的，其中有幾篇曾經由法蘭西斯．普蘭克譜過曲，成爲很多人喜歡唱的，滿含悽情的歌。她的小詩文集「夜的手帖」出版於1956年，詩文意境非常清新雅健。現特抄錄一篇。

女人與花

自己做的月桂冠。
　今宵
薔薇連一點也沒有，
你們的怪獸也都同樣，
如果和她一比似乎什麼也沒有，
當我們相會的時候，
她是穿著暗紅色的衣裳，
　嗚呼！
這家人都很性急，
　這次她的晚禮服是青色的，
她回回頭，
說嗓子渴，
即時的一句話——
對你怎麼寫才好呢？
我今天活著的目的，
過去時候的，
美麗的腳和潔白的手。
我們願
妹妹們能早起，
在一個人睡覺時，
另一個人到野外去跑步，
假如一申斥她，
比殺死她還好，
坐在門口的石階上，
我喝了一杯牛奶，
腳下的草是那麼樣的清潔。
×　×　×　×
青春是那樣美，
然而卻有如韶光的易逝，
曾經嘗到的歡樂，值得讚譽，
有愉快，
假使明天這個日子還沒決定。

裘姆夫人　羅蘭珊作
1924年　油彩・畫布　92×73cm
巴黎・羅浮宮美術館藏

M. Laurencin

Marie Laurencin

打獵的黛安娜　羅蘭珊作
1908年　油彩・畫布　21×27cm
法國・私人收藏

狗與女人　羅蘭珊作
1923年　油彩・畫布　80×100cm
巴黎・羅浮宮美術館藏

持鏡的女人　羅蘭珊作
1916年　油彩・畫布　56×45cm
日本・茅野・羅蘭珊美術館藏

魯奧　娼婦

魯奧 (Georges Rouault 1871-1958) 的畫中，全是以豐盈而滿溢的線條色彩，刻劃現代人的痛苦與罪惡，他尤其喜歡對娼婦、小丑等身世悲苦哀痛的生活的強烈揭露，如「浴女」、「鏡前的娼婦」、「娼婦」以及「裸婦」等作。他的批評畫多爲陰鬱與恐怖的表達，他的宗教畫受宗教家指責，人們批評畫中耶穌外形太難看，可是從不探討精神深處內涵。

裸婦造形粗獷輪廓明顯

他的繪畫特色是裸婦造形粗獷，愛用厚重線條鉤畫出輪廓，然後再塡上色彩，因此有人說魯奧的造形與設色是中世紀彩繪玻璃畫之再現。

他的色調以黑色爲主，再以柔和艷美色彩相輔，在粗獷中取得纖細，灼熱中顧到協調。威納哈夫特曼評論魯奧作品時說：「幅幅都是全世界苦痛的大聲悲嘆與控訴，處處表示著拯救的巨大希望的光輝。」

浴女（構成）　魯奧作
1910年　油彩・畫紙　45×62cm

鏡前的娼婦　魯奧作
1906年　水彩・紙　70×60cm
巴黎・國立現代美術館藏

裸婦　魯奧作
1925年　油彩・畫布　80×60cm
瑞士・私人收藏

娼婦　魯奧作
1906年　水彩・紙　22×16cm

畢費　晨妝

畢費 (Bernard Buffet 1928-99) 認爲繪畫是不能遵守任何法則的，美術學校裡的工作法則，只像算術的簡單形神一樣，他對藝術的領域，卻抱著彷彿踏入未知的土地那樣的心情，迷入錯路去，而不爲神祕所束縛。

很多人說畢費是描畫現代人及其苦惱的畫像，他也承認在自己畫裡有不安的觀念。但是他說：「我雖然覺得是一個自己命運裡的畫家，但沒有感覺被鎖到現代裡面去。」

他的「晨妝」、「沐浴裸婦」、「二少女」及「穿紅披肩少女」等作，只有形態沒有色彩，愛用灰、黑色，線條細直有力，感覺單純，靠誇張手法取得表現效果。有如用雕刻刀雕出來的粗黑線條，一如他對黑白人生的嚴肅批判。

晨妝　畢費作
1949年　油彩・畫布　92×65cm

沐浴裸婦
畢費作
1947年
油彩・畫布
209×109cm

Bernard Buffet
1960

穿紅披肩少女　畢費作
1960年　油彩・畫布　130×97cm

二少女　畢費作
1965年　油彩・畫布　248×197cm

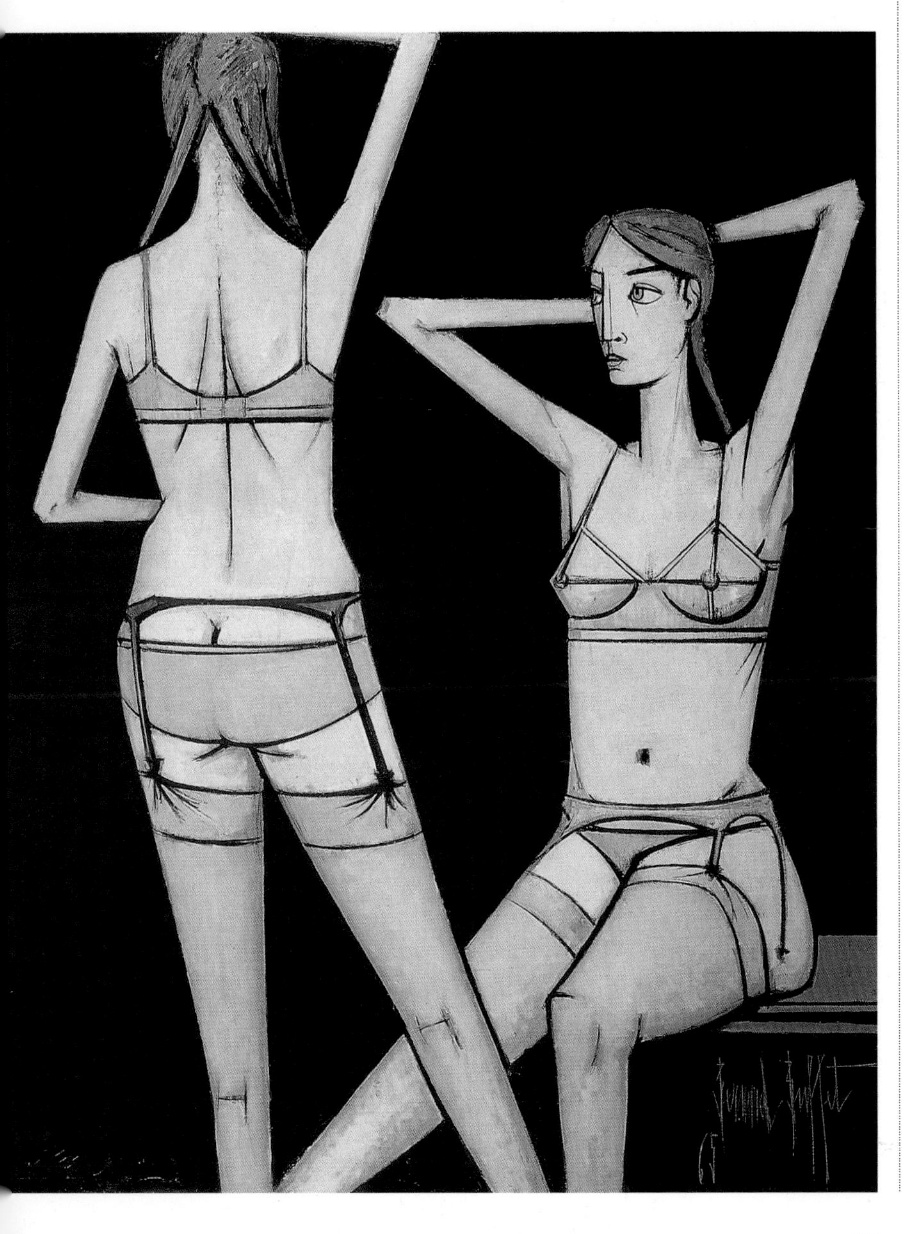

德國文藝復興　衆美女

義大利的繪畫崇尚優美，法國的繪畫走向眞實，德國的繪畫則重視民族粗野一面的描寫，毫不虛飾。

德國在18世紀前後，因羅馬教廷腐化，到處搜刮要錢，所謂「贖罪劵」到處發售，激起一個名叫馬丁路德的神學教授公開反對，從此掀起了許多國家的宗教改革運動。

這個運動應該也包括在偉大的文藝復興運動之內，它是以宗教改革的形式出現的復興運動，同時反應在繪畫上的，也是一個略帶政治諷刺，以不健康的挖苦方式爲訴求。

所以德國文藝復興畫家筆下的眾美女，看來那麼病態、憂鬱、疲軟。她們大都是站在那裡，不是像「露槐蒂亞」孤立的行走，就是像「三美神」般大家緊緊靠在一起，要不然就是像「丹妮」那樣關在房間裡。

杜勒影響介於寫實與裝飾間

由於受德國文藝復興泰斗杜勒的領導，他們遵循科學與解剖的原則，以寫實爲根本，以主題爲強調，看來是介於寫實與裝飾之間。在色彩上則喜歡把畫中裸女以金黃色爲主，如「夏娃」等作，看來厚實古樸。

這個時期的重要畫家計有：柯沙特(Gossaert)、希吉雷伊(Gigilei)、巴特文克、格林(Baldung Grien)、克拉那赫(Cranach)等人。

這一群德國文藝復興畫家以神話故事爲主，重視人格與優美的調和，類似無哥特克主義形象，宛如沉默而柔和的風格。畫作重視含蓄，有若無言的詩，有高貴與典雅風範。

夏娃　杜勒作
1507年　油彩・畫板　209×83cm
西班牙・馬德里・普拉多美術館藏

丹妮　柯沙特作
1527年　油彩・畫板　114×95cm
慕尼黑・古代繪畫館藏

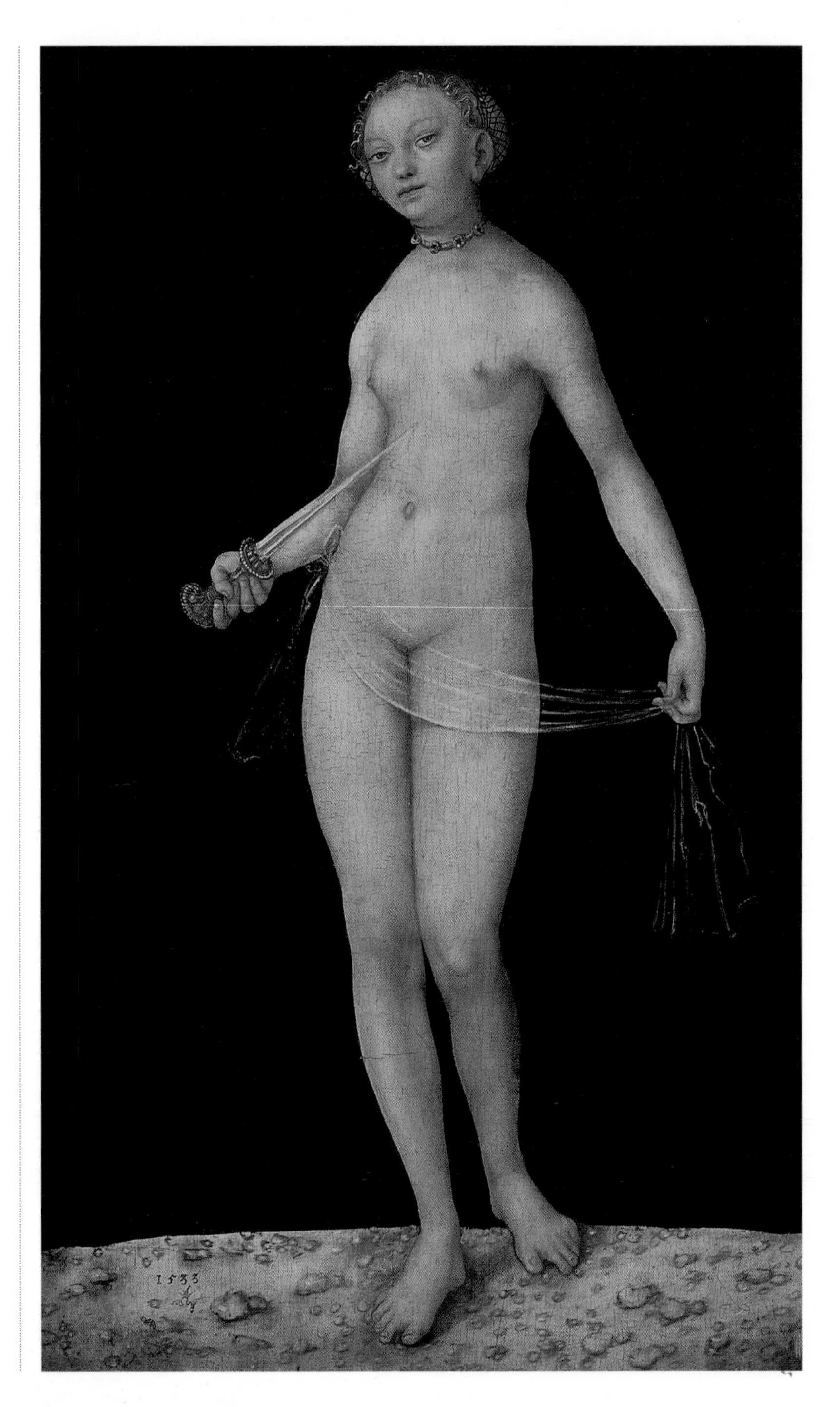

露槐蒂亞　克拉那赫作
1533年　油彩・畫布

三美神　格林作
1540年　油彩・畫板
150×60cm
馬德里・普拉多美術館藏

克拉那赫　維納斯

克拉那赫 (Lucas Cranach 1472-1553) 是德國文藝復興運動領導畫家之一，他出生於宗教改革運動的發源地，深深受到文藝復興的精神影響，而表現在他個人所熱衷於描繪古代希臘羅馬的異教神話。

但是，他畫的「風景中的維納斯」純粹是一個金髮披背，披著輕飄飄透明紗巾，戴禮帽，體態婀娜地行走於德國山川水澤間。

希臘神話女神德國面貌

克拉那赫的裸婦，深具官能上的美感。在豐滿之外，同時又兼具纖細柔和之美，如「夏娃」一作，這也是德國文藝復興時期的典型裸女像。

他的「風景中的維納斯」、「維納斯與邱比特」等均是著名代表作，他把這些裸女安排在野外的風景中，維納斯的面貌、體型、舉止全是德國人面目，這也是他們借取希臘神話故事題材，注入自己民族意識裡。他在表現女性裸體上，還沒有達到義大利諸大師的水準。

這些面露愁容、表情嚴肅的裸女們大都赤腳踩在石子路上，只有在動作姿態與背景景物上有所變化。但他在「夏娃」中加入了大麋鹿、蘋果樹及蛇，也不忘顯露出小邱比特的調皮與可愛。在嚴肅中略帶詼諧。

夏娃　克拉那赫作
油彩・畫布　177×69cm

維納斯與邱比特　克拉那赫作
1530年　油彩・畫板　167×62cm
西柏林，國立美術館藏

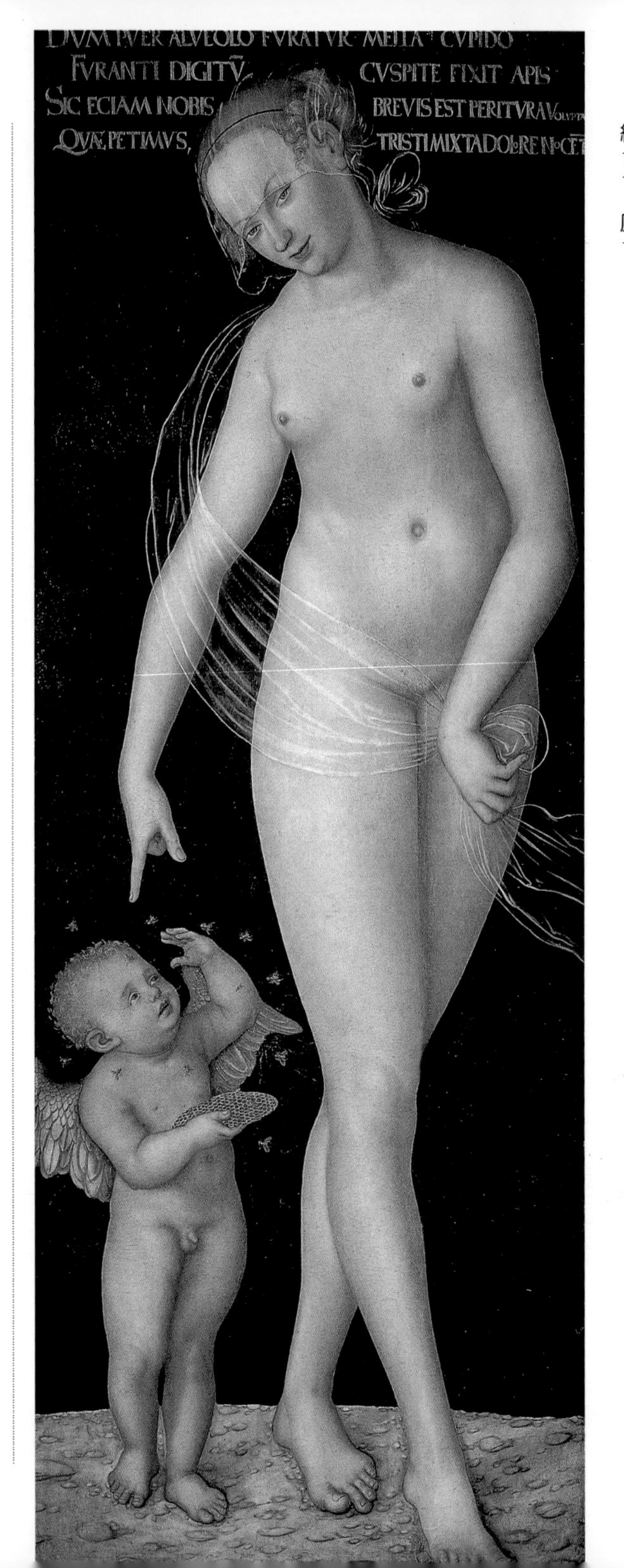

維納斯與邱比特　克拉那赫作
1537年　油彩・畫板
174.5×65.6cm

風景中的維納斯　克拉那赫作
1529年　油彩・畫布　38×25cm

丁特列托　女神史畫

丁特列托 (Tintoretto 1518-94) 的裸體畫，具有宏大、廣闊、豐富特色。他留下了很多以希臘神話中眾女神的故事，以及亞當和夏娃創世紀的史畫，這一些作品不但給人華麗聯想，也蘊含濃厚的詩意。

威尼斯繪畫翹楚代表

丁特列托也叫「小染師」，他父親是染坊的師父。他從小就對繪畫發生興趣，曾到提香那學習繪畫，師生兩人同爲威尼斯繪畫的翹楚。

他曾經製作不少壁畫，那些作品充滿了生命活力以及各種不同的姿態。畫中的人物異常生動，他的畫所表現的動與力，和義大利初期畫家安逸的畫面是不相同的。

米開朗基羅的形和提香的色

丁特列托的畫，在構圖上像米開朗基羅，具有排山倒海般氣勢，在色彩方面又像提香般熱情而豐富，可說是兩者兼具。他在畫室裡寫著：「米開朗基羅的形和提香的色彩。」

有的時候，他在色彩上的運用極其奧妙，甚至遠超過提香。提香通常所用色彩不外乎金黃、橘紅、鮮紅以及綠色等，丁特列托後期作品常包含有柔和的灰色和銀色，而不大愛用金黃和紅的顏色。他喜歡用深黑色或深咖啡色作背景，這樣跟主題形成強烈的對比效果，色彩也格外漂亮。

「約瑟與波蒂法之妻」

「約瑟與波蒂法之妻」是現藏於西班牙馬德里的普拉多美術館裡，一連六幅連作中一幅，畫面細長，原是威尼斯德茲教堂天頂上裝飾畫，以舊約上故事爲主，波蒂法妻子誘惑美男子約瑟，有深紅色布幔臥室裡那股以動

約瑟與波蒂法之妻　丁特列托作
1555年　油彩・畫布　54×117cm
西班牙・馬德里・普拉多美術館藏

P236・237
蘇珊娜和二長老　丁特列托作
1560年　油彩・畫布　146.6×193.6cm
維也納・藝術史博物館藏

盪姿態構圖處理，很不尋常。

他還有一幅畫是表現「蘇珊娜沐浴後」，那是水浴後的裸婦坐在那，前面女僕替她修腳趾，後面一位女僕則爲她梳理秀髮，這幅畫柔媚光彩，栩栩如生。丁特列托畫的裸婦注重官能美，他又愛把她們置身於樹木雜陳樹林裡，益發烘托其柔媚。

「約瑟與波蒂法之妻」、「蘇珊娜沐浴後」，及另一幅「蘇珊娜和二長老」等作，都是丁特列托取材於聖經的故事畫，他擅於處理頗具衝擊性的戲劇性情節，使畫面充滿節奏感與戲劇張力，緊湊而紮實。

他對希臘神話故事題材也頗得心應手，像「銀河的起源」、「默克萊和三合一神」、「酒神和公主」等作，畫中人物都處於不安定的動態感，彼此互動密切，氣勢凌人，常呈一滾動循環態勢，充滿力與美。

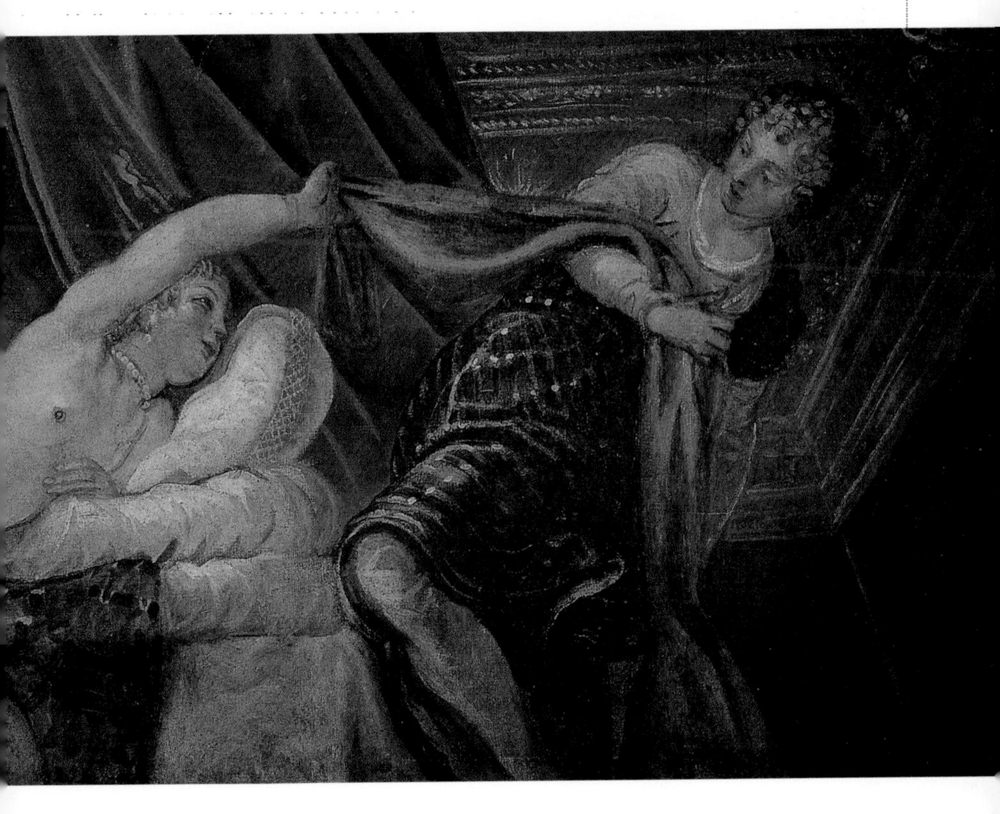

最出色裸女

與「蘇珊娜沐浴後」取材同一聖經故事的「蘇珊娜和二長老」，顯然畫面較前作更富戲劇性與衝擊性。畫中的蘇珊娜堪稱爲丁特列托畫作中最出色裸女，不但構圖美，那裸體更美。蘇珊娜冰肌玉膚，光彩照人，她的美艷與豐滿成熟韻味招引二位長老的垂涎，心懷不軌，並潛入宅邸，躲在樹叢中偷窺她沐浴梳理美貌。突出表現了美與醜、善與惡的對應，一明一暗的鮮明對照。

銀河的起源　丁特列托作
1580年　油彩・畫布　148×165cm
英國・倫敦・國家畫廊藏

「銀河的起源」氣象萬千

丁特列托的女神史畫也頗有看頭，像「銀河的起源」便氣象萬千、熱鬧非凡。想像力十分豐富的他把畫面處理的極其生動鮮明，騰空而下抱著嬰孩的宙斯，被突如其來的吸乳動作驚醒而急欲閃開的天后希拉，及周遭的天使、老鷹、孔雀等，非常有趣。

默克萊和三合一神　丁特列托作
1576年　油彩・畫布　146×155cm
義大利・威尼斯・總督府藏

酒神和公主　丁特列托作
1576年　油彩・畫布　146×167cm
義大利・威尼斯・總督府藏

現代畫家　女性美素描

英國藝評家李德 (Herbert Read) 說：「在一般感覺上，素描是學習繪畫的初步階段，可是深入的探究現代素描作品，它已經發展成爲獨立藝術，不再如過去一般僅被視爲製作油畫雕刻前的草稿。在本質上素描是屬於單彩畫 (Monochrome)，其本身具有特殊的美學。透過現代藝術家的素描作品，我們可以清楚的觀察此一特質。」

現代畫家素描價值觀

根據李德的這種觀念，英國倫敦的現代美術研究所，曾蒐集了從塞尙開始，包括羅丹、雷諾亞、馬蒂斯、畢卡索、杜菲、羅蘭珊……等現代畫家的素描作品，也像他們創作油畫、雕塑般，有獨立欣賞價值。

像羅丹雖然是雕刻家，可是他在素描上的流利線條，有時可以令人嗅到雕刻的立體趣味。如同「二裸婦」等作，他是最擅於運用最精簡的幾筆線條，而傳遞出內在的情感。他經常把線條美發揮到極限。

雷諾亞一生都離不開豐滿健美的女性，他的畫如此，素描也是一樣，如「浴女」等作。對素描此一主題他多採用柔線條，以鉛筆鉤出很多線條，好像嘗試又嘗試那樣。

從展出的全部現代畫家筆下作品分析起來，百分之九十以上是以女性爲主，當然以裸體佔大部分。這些現代畫家爲什麼以女性的素描較多呢？

一種神聖般精神感覺

那是因爲畫家們畫裸體畫，人體的結構、型態、線條和髮膚的色澤都特別誘人之故，它使人有深遠的冥想及產生一種神聖般的精神現象的感覺。

世界上許多有名的畫家、雕刻家，和公私立美術學校裡，都雇用專供寫生的模特兒。在現代畫家中，愛用素描表現女性美的不在少數，他們也全是傑出現代畫家。

像女性軀體凹凸有致的感官美，以及女人柔情似水的性別特質，都極適合以線條來表現。如羅丹、布爾德爾 (Emile Antoine Bourdelle 1861-1929) 等人的素描「橫臥裸婦」、「麗達與天鵝」及「二裸婦」等作，便巧妙地利用線條的特性，勾勒出女性的柔美嬌嗔，僅簡單幾筆便能抓住她們的神韻與姿態，線條流暢自然。

有的畫家則以探究女性軀體構造及細部刻劃，而正襟危坐，對模特兒寫生或習作、臨摹，如印象派畫家雷諾亞、塞尙、戴伽斯等人，以及野獸派大師馬蒂斯的裸女素描，則質感與技巧取勝，寫實刻劃，描繪細膩。不但畫出模特兒五官、身材與個性氣質，也畫出肌膚姿態的細緻動人。

浴女　雷諾亞作
1884年　粉彩・素描

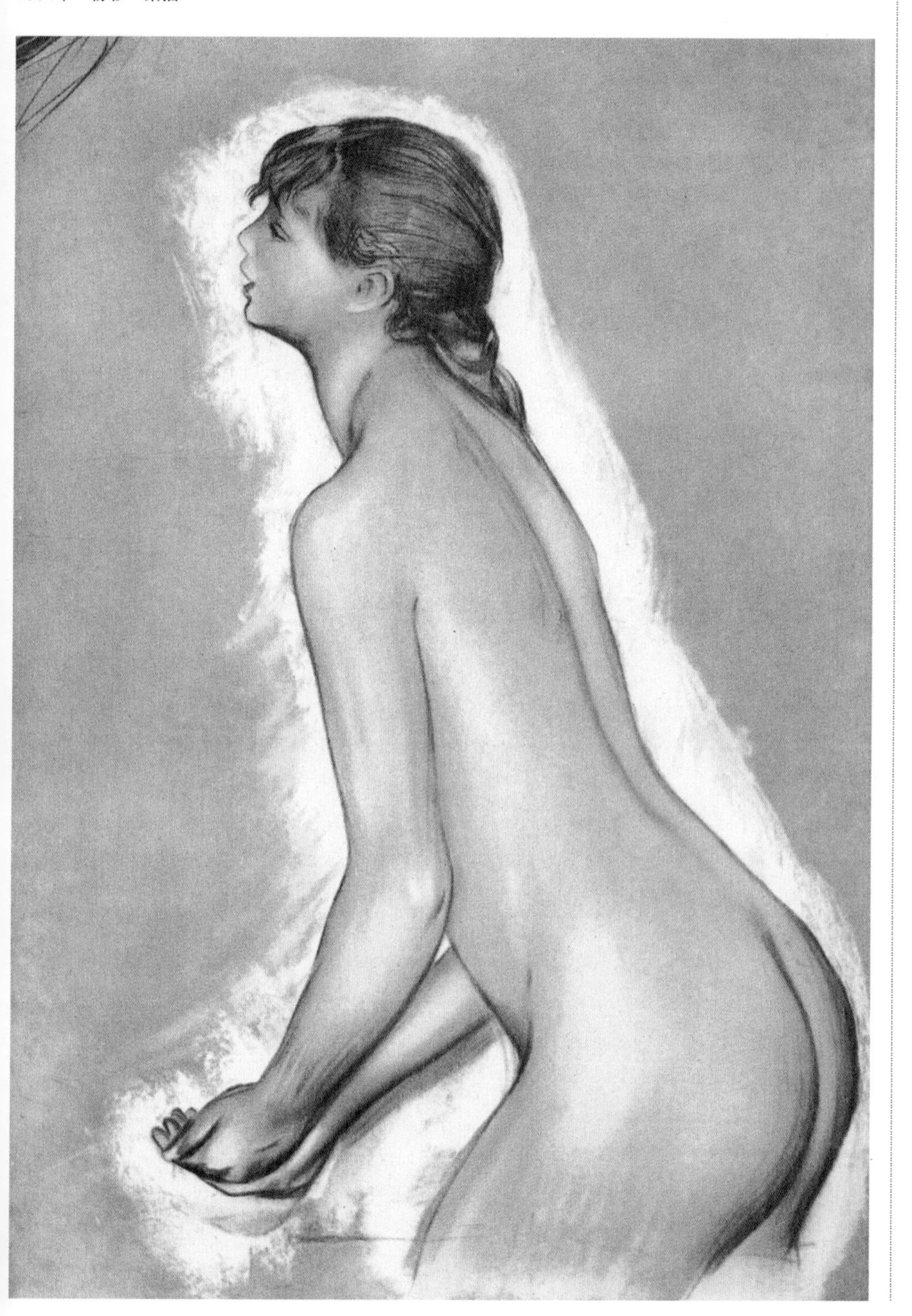

橫臥裸婦　布爾德爾作
水彩・紙　14×21.5cm
私人收藏

麗達與天鵝　布爾德爾作
水彩・紙　18.5×13cm
東京・石橋美術館藏

「麗達與天鵝」妙筆補捉神韻

像布爾德爾以生花妙筆鉤勒出動人體態的「橫臥裸婦」以及「麗達與天鵝」，便令人拍案稱奇。尤其是他對那受宙斯化身的天鵝誘惑，而情不自禁、欲拒還迎的神情與動態，表達得生動極了。雖未仔細描繪，卻已能讓人感覺到那股情慾縱橫，一發不可收拾的態勢，已躍然於紙上。連背對著觀眾的「橫臥裸婦」，都是一副撩人的豐美成熟體態。

羅丹的「二裸婦」生動有趣

三兩筆線條即能取其神韻的，還有羅丹的「二裸婦」、「希望和絕望」及「裸女速寫」，與布爾德爾有異曲同工之妙。羅丹更能精確地以線條，來表現女性的曲線美，草草幾筆有力反複的線條，便能掌握住她們的體態與姿勢，尤其二裸婦間的肢體語言，更是出奇的生動有趣。

也有如馬蒂斯般以粗黑的線條與紮實功力表現「壁爐旁藍椅中裸女」。

維納斯（仿拉飛爾）　塞尙作
1866～69年　鉛筆素描　24×17cm
蘇黎世・私人收藏

男裸像習作　塞尙作
1864～67年　炭筆　20×25.7cm
私人收藏

戴伽斯傳神「起身裸婦」

對創作態度嚴謹的塞尙、雷諾亞及戴伽斯而言，裸女只是和風景一樣的研究課題之一。他們對著模特兒寫生、臨摹，描繪出的裸女精確、寫實、傳神。

雷諾亞和戴伽斯的「浴女」、「起身裸婦」，便特別注重姿勢體態的柔美漂亮，在舉手投足之間細細觀察、描繪女性美麗的肢體動作，到深深爲之著迷的地步。印象派畫家尤其注重光影明暗變化。

起身裸婦　戴伽斯作
1883年　粉彩　30.8×23.8cm
紐約・大都會美術館藏

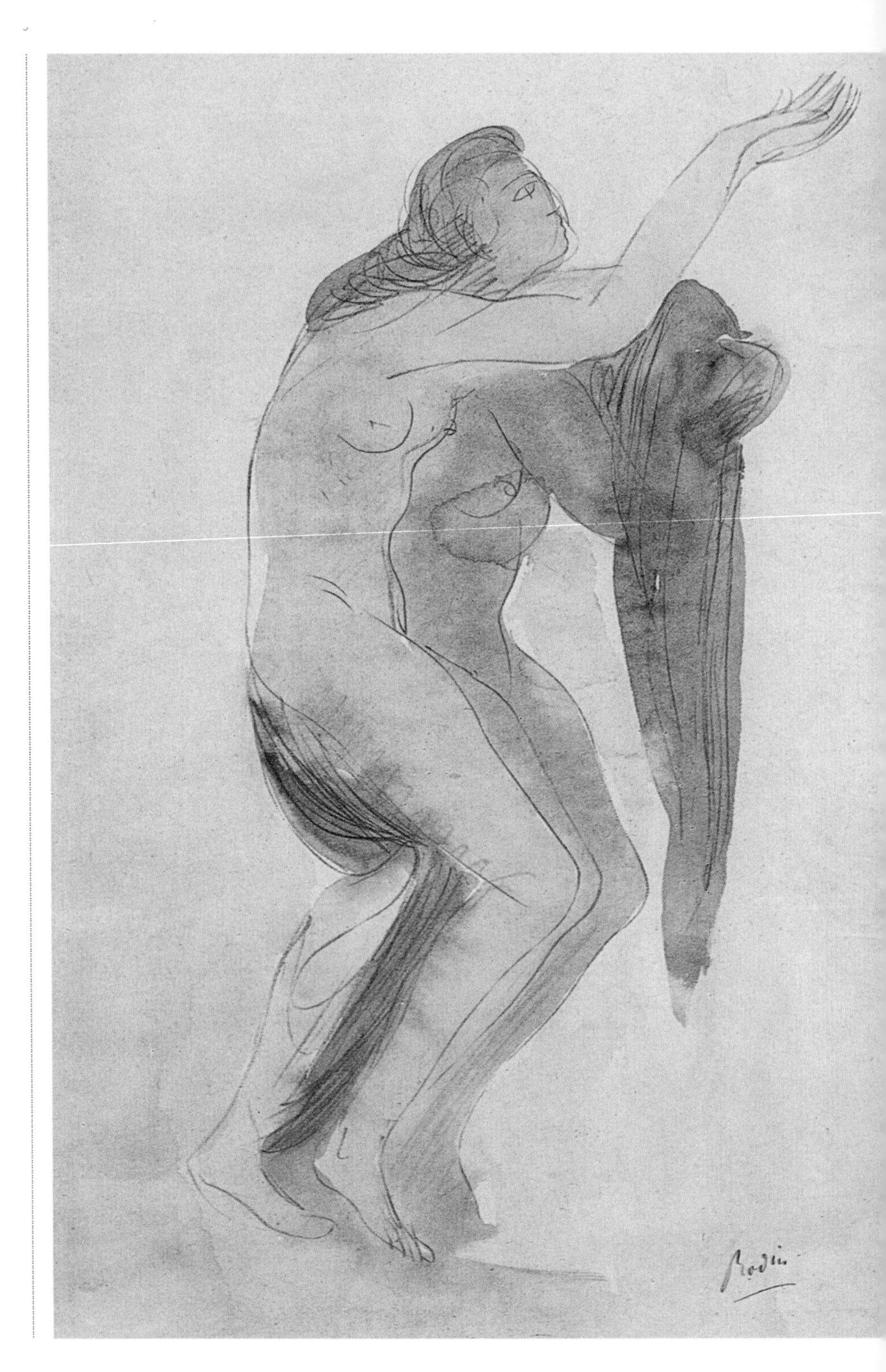
Rodin

二裸婦　羅丹作
鉛筆・水彩

希望和絕望　羅丹作
鉛筆・水彩

裸女速寫　羅丹作
水彩・紙
巴黎・小皇宮美術館藏

壁爐旁藍椅中裸女　馬蒂斯作
1925年　石版畫　75.5×56cm

美美相承傳

美術院系的同學，從學畫靜物素描開始，到石膏像，而石膏像也從各種形狀起頭直到石膏頭像、胸像、立像……等，再下來就是畫人體素描。

到了可以畫裸體人體，應該是三年級上學期或是下學期的事，也就是說快要畢業了。

爲什麼習畫的過程一定有裸體畫？爲什麼那麼多畫家熱衷裸體畫（尤其是美美的女性）？很多人看到印象派畫家雷諾亞的裸體畫，不管年輕的、中年的，……爲什麼都那麼胖呢？很明顯的雷諾亞喜歡肉多豐腴的女性，不喜歡現代人欣賞所謂三圍凹凸分明又瘦瘦高高的。

印象派另外一位畫家戴伽斯，除了畫很多芭蕾舞女外，浴室裡的水浴女郎，就是讓他畫了再畫的題材，有素描、粉彩、水彩、油彩的，有解衣準備沐浴，有正在洗澡，當然也有洗好在擦身，舉凡女性在浴室裡什麼動作，他都畫了。

其實西洋藝術史裡，女性裸體之美的演變，叫人嘆爲觀止，當然也有脈絡可循，我們就從原始藝術看起吧！

希臘以「黃金律」理想化

原始藝術的雕刻、壁畫呈現粗獷、自然、活潑趣味，是人類天性美的展現。

希臘雕刻以人文爲出發點，遵循「黃金律」的準則，把雕刻理想化外，還綴上很多美麗神話故事，其中以維納斯最動人、最豐富。希臘雕刻中的美神雕刻，人被提升到神的境界，神也從天而降，是以在神性中強調人性，在人性中又包涵帶神性。

「人是萬物的尺度」，這是古希臘人的名言。「人間和天上同樣充滿歡樂」……這是古希臘藝術家信念。

何恭上 寫於修訂再版前

2000年新春

文藝復興前期的藝術家，開始擺脫教義與神的崇拜，體認美神唯美角度的寬廣空間，波提且利的「維納斯誕生」與「春」名畫，昭告世人，美在天地間生生不息，剎那即永恆，它不但燦爛更顯光輝。

文藝復興理想美完美化

文藝復興盛期達文西、拉飛爾、米開朗基羅把美的理想追求到更完美化，達文西以「蒙娜麗莎」的微笑，涵義著神祕與優雅的綜合，她似夢、似憐、似顰、似嗔，像天外飛來，不懂人間何所煩的嬌娘。

威尼斯畫派不但畫出威尼斯昌盛繁榮，也畫出威尼斯高級社會的貴夫人，每人以自己爲維納斯化身之美自居，而提香筆下的維納斯多是爲名媛名女人而作。

洛可可派的美女醉生夢死？

在巴黎的洛可可畫派畫作中，每個美女都是不食人間煙火，她們生活在樂曲伴奏、美景當前、甚至醉生夢死的腐化生活中。

但是印象派以後，美人變成色光的眩惑，更在單純的形象裡，表現形體的立體感，像塞尙重視筆觸，給人深沉的堅實感；馬蒂斯則一味以裝飾效果來突出美女造形。

超現實畫派達利等人，把美女置於夢魘虛幻世界，那來什麼「美」可言？像被戰火、原子彈摧毀的悲慘，掙扎於飢餓與人間煉獄之中。

時代不同，美的追求跟著變化，藝術家的「女人頌」五花八門，但無論如何它是藝術家無法放棄的追尋，是無邪的性靈之美，也是永續的美美相承傳。

西洋繪畫導覽 ㉖

裸之美

何恭上編著

執行編輯◉ 龐靜平

法律顧問◉ 北辰著作權事務所
◉ 蕭雄淋律師

發 行 人◉ 何恭上
發 行 所◉ 藝術圖書公司

地 址◉ 台北市羅斯福路3段283巷18號
電 話◉ (02)2362-0578・(02)2362-9769
傳 眞◉ (02)2362-3594
郵 撥◉ 郵政劃撥 0017620-0 號帳戶
E--mail ◉ artbook@ms43.hinet.net

南部分社◉ 台南市西門路1段223巷10弄26號
電 話◉ (06)261-7268
傳 眞◉ (06)263-7698

中部分社◉ 台中縣潭子鄉大豐路3段186巷6弄35號
電 話◉ (04)534-0234
傳 眞◉ (04)533-1186

登 記 證◉ 行政院新聞局台業字第 1035 號

定 價◉ 450 元

初 版◉ 2000年 3 月30日

ISBN 957-672-316-7

特價書不退換

國家圖書館出版品預行編目資料

裸之美／何恭上編著. --初版. --臺北市：
藝術圖書，2000［民89］
面；　　公分. --(西洋繪畫導覽；26)

ISBN 957-672-316-7 (平裝)

1. 人物畫-作品集 2. 人物畫-作品評論

947.23　　　　89003619